U0144063

GOBOOKS
& SITAK
GROUP©

GOBOOKS
& SITAK
GROUP©

朧月書版

朧月書版

無法掙脫的夏天

宮緒 葵
繪者 笠井あゆみ

無 法 掙 脫 的 夏 天

爬上被踩得堅硬紮實的和緩坡道，輕撫臉頰的風帶著溼氣。在豔陽照射下，草叢散發出悶溼的氣味，群蟬也發出宛如悲鳴的叫聲。

「好熱……」

躲進高聳樹木的樹蔭下，櫛原夏生用圍在脖子上的毛巾擦去額頭上的汗，連內衣都溼透了。他抓著長袖上衣的衣領不停搧動，讓熱氣消散。

明明才剛過早上八點，自己或許太小看夏季的山林了。夏生焦躁地梳起因溼氣而到處亂翹的頭髮。

看起來比高中生妹妹還要年幼的娃娃臉，現在應該不爭氣地皺成一團了。要是大學那些總笑他是「被雨淋溼的小狗臉」的朋友在場，他們一定會說「你這樣更像小狗了」……或許只有那個人會真心為他擔憂。

……柊……

這十年來，每天都不曾忘懷的那張臉龐掠過腦海，還有最後看見的哭臉。

夏生大口灌下運動飲料，緩緩低下頭，發現草叢的陰影處有個紙團便撿了起來。

攤開的紙上寫著「尋人啟事」四個大字，還印著一張年輕女性的照片，似乎是二十三年前在這座日無山失蹤的人。當時二十歲，如果還活著就是四十三歲了。警方早已停止搜索，一定是家人到處發傳單，直至今日還在尋找超過四十歲的女兒。

無法掙脫的夏天

……柊明明也跟我一樣十八歲了。

夏生嚥下差點脫口而出的嘆息，將傳單折好收進背包。這張傳單應該是在山腳下發放後被吹到這裡來的，但夏生也不忍心扔掉。

重新戴好帽子後，夏生再次開始爬坡。手上的錶是上大學時收到的祝賀禮，此刻指著八點十三分。可以的話，他想盡量在接近當時那個時間點的時間抵達。

他沿著記憶中模糊的路線往前走，青草蒸騰的熱氣讓他悶得難受。十年前，當地居民應該只會為了採摘山菜而走這條小路，如今到處都拉起代替扶手的繩索，路邊偶爾會有零食或麵包的垃圾。明明留有人類生活過的痕跡，山中卻瀰漫著一股生人勿近的寂寥氣息。

『自古以來，山林就是異界。』

完全無法用人世間的常識來解釋的異界……是啊，因為柊被吞噬後一直沒有回來。

沙、沙、沙。

現場只有自己的腳步聲，他會對此感到不對勁，是因為十年前的記憶至今仍歷歷在目。就算連柊的父母都忘了這件事，夏生也記得……根本不可能忘記。

默默地不停往前走，水氣也變得越來越重。看見倒在蓊鬱樹林底下的警示牌，他撿起來一看，儘管在風吹雨淋下變得模糊難辨，但夏生對這個森林大火的警示牌有仍印象。

『從警示牌這裡走進去就是捷徑喔。』

柊說完這句話，應該就往裡面走了。如果沒記錯，等等就會出現一條被崎嶇岩壁包圍的岔路。

……是啊，當時也走了這條路……

夏生步履蹣跚，像受到了什麼吸引……空氣變得好冰冷。原先震耳欲聾的蟬鳴不知不覺間遠去，取而代之的是如搖籃曲般，輕輕蕩漾的細微浪花聲。

不久後，視線豁然開朗，眼前出現一大片會讓人誤以為是湖泊的沼澤。站在蘆葦叢生的岸邊，夏生吸了一口冰涼空氣。倒映著天空與樹木的水面蔚藍又清澈，完全看不出半個月前飄著浮屍的痕跡。

「……我來了，柊。」

雖然過了十年，但夏生終於回到了此處。

為了尋找在眼前消失的珍貴兒時玩伴。

夏生不記得是什麼時候認識兒時玩伴四辻柊的了。自有記憶以來，他們就理所當然地天天在一起。

無法掙脫的夏天

柊的父親茂彥是爸爸的好朋友，結婚後就住在夏生家附近。聽說茂彥是在美國留學時認識了柊的母親珍妮佛，陷入熱戀後把她帶回日本。雖然不久後生下了柊，珍妮佛卻還是一直不適應日本的生活，經常拜託夏生的母親照顧。

同年的夏生和柊變得十分要好，窩在對方家裡已經是理所當然的事。比起小三歲的妹妹，夏生和柊相處的時光應該更久。

柊跟俏麗美豔的珍妮佛長得很像，是個俊美少年。經常有人說夏生遺傳了母親的大眼睛，像小動物一樣可愛，但柊跟夏生……不，跟絕大部分的同齡小孩是不同次元的人。

柊的肌膚白皙透亮，曬到陽光也幾乎不會曬黑。有著一頭滑順的黑髮，讓對自己亂翹的髮尾充滿自卑的夏生羨慕得不得了。深邃的五官看起來纖細又脆弱，彷彿輕輕觸碰就會粉碎，卻又帶著讓人忍不住想伸出手的甜美氣息。被纖長睫毛圍繞的鮮綠色瞳眸，甚至帶著神祕感。

現在想想，附近的小孩子總喜歡捉弄柊，應該只是想吸引貌似美少女的柊注意吧。保護膽怯害怕的柊，將欺負人的孩子們趕跑永遠是夏生的工作。

『夏生、夏生，我最喜歡你了，沒有你我活就不下去。』

泫然欲泣的柊，胸前總掛著一條墜鍊，白金吊牌上鑲嵌著跟柊的眼睛一樣碧綠的祖母綠。那是鮮少見面的美國祖母特地向珠寶設計師訂製，送給柊的禮物，用來代替護身符，據說祖母綠能阻擋邪物靠近。
雖然對寶石的價值一無所知，但既然寶石的顏色跟柊的眼睛一樣，應該會靈驗吧。因為跟夏生一起打遊戲、看喜歡的動畫時，柊的雙眼都閃閃發亮到耀眼奪目。
『不過，柊的眼睛真漂亮。我們在一起時，你的眼睛都閃閃發光，我有時候會看到恍神呢。』
『……那、那是因為跟夏生在一起啊……我比較喜歡夏生的眼睛。』
『咦~？我的眼睛超普通的耶。』
『沒這回事，你的眼睛又亮又黑……就像鎖住星空的尖晶石。』
可能是受到父親的影響，柊有時會用艱澀的詞彙說出讓人難為情的讚美，讓夏生傷透腦筋。
柊的父親茂彥是民俗學者，年紀輕輕就大有名氣，家中的書房塞滿了茂彥從日本各地蒐羅來的厚重文獻。夏生沒讀幾頁就會打瞌睡的那些書，柊幾乎全部看完了，讓夏生十分驚訝。
只要學校放長假，柊和夏生一定會跟家人出去旅遊。經常在外做田野調查的茂彥，唯獨此時一定會請假參加。畢竟他總是讓妻兒孤單寂寞，這麼做或許是為了贖罪吧。
十年前——夏生他們八歲那年的暑假也規劃了旅遊，目的地是離都心不遠的N縣日無

無法掙脫的夏天

山。雖然不是熱門觀光景點，卻是茂彥出生的故鄉，也能使用柊的祖父母留下來的別墅。附近有露營區，似乎也能享受烤肉及森林遊樂設施的樂趣。

懷著興奮的心情坐進父親租來的廂型車裡，夏生卻馬上發現異狀，因為平常一定會同行的珍妮佛不在車上。茂彥說她感冒了，為了慎重起見而留在家裡。

……阿姨感冒了？

溫柔的珍妮佛平常都在家裡，出去玩時會帶親手做的美味點心給孩子吃，就像夏生的第二位母親。雖然很擔心珍妮佛要獨自入眠，但他更擔心柊。他一路上都茫然地望著車窗外，夏生和妹妹跟他說話也心不在焉，愛理不理的。可是他牢牢握住夏生的手，不肯放開。

茂彥和夏生的父母都沒責備這樣的柊，只露出不置可否的笑容。面對這莫名寂靜的氣氛，夏生和妹妹很是困惑。

不久後，一行人來到日無山下的別墅，柊也終於打起精神了。別墅附近有潺潺小溪，看到三個孩子立刻就想衝過去玩水，茂彥一臉嚴肅地對他們說：

『你們三個聽好，小孩子不能單獨跑進山裡喔。』

『咦？為什麼？』

『日無山雖然是座小山，但已經有很多人失蹤了。』

茂彥在上大學之前都住在山腳下的村落，但似乎每隔幾年就會發生有人進山後有去無回的大騷動。每次都會號召所有村民進山找人，警消也會加入搜索，卻完全找不到人。聽到這件事，夏生和妹妹都渾身發抖。

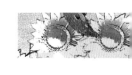

『……我記得山裡有沼澤吧？』

柊插嘴說道。為了和父親那邊的祖父母見面，他小時候似乎造訪過這個村落。

『是啊，你居然還記得。有人說失蹤者可能是掉進那個沼澤裡，潛水員也下去探查過了，最後還是一無所獲。』

那他們到底去哪裡了？看到夏生他們緊張嚥口水的模樣，茂彥神情嚴肅地回答：

『——異界。』

不屬於人世的世界，茂彥說那些人或許是誤闖了用正常的方法絕對到不了的世界，才會無法回來。

『自古以來，山林就是異界，無法用人世間的常識來解釋的另一個世界。』

『……如果不小心誤闖，就再也回不來了嗎？』

『不知道。就叔叔所知，沒有人在日無山迷路後平安歸來。』

所以小孩子絕對不能單獨進山喔——聽到茂彥叮嚀，夏生和妹妹都點頭如搗蒜。闖入在沒有家人和柊的世界中，再也回不了家，這種事光是想像都覺得毛骨悚然。

……但這是怎麼回事？有種奇怪的感覺。

雖然心情有些沉悶，夏生還是跟柊和妹妹在小溪游泳，晚上體驗烤肉的樂趣。等到他和柊一起鑽進被窩後，才明白始終縈繞著的怪異感是怎麼回事。

……對了，當叔叔叮嚀絕對不能進山的時候，柊沒有點頭。

他為什麼沒點頭？雖然想問，但或許是白天玩得太盡興累壞了，柊早已沉沉入睡。明明開著空調，被柊緊握的手卻莫名炙熱，夏生至今仍記得。

隔天早上。

當朝陽終於從山稜線上露臉時，夏生被柊搖醒。在小孩子睡著以後，茂彥和夏生的父母似乎喝酒喝到很晚，別墅內寂靜無聲。

『去山裡吧……就我們兩個。』

之所以無法拒絕這個邀約，是因為夏生覺得兩人獨處時，也許能問出柊昨天態度異常的原因。昨天妹妹或父母一直都在旁邊，沒辦法說悄悄話。

為了不吵醒其他人，偷偷跑出別墅的感覺就像冒險一樣，讓夏生心跳加速，但這股微弱的興奮感立刻轉變成後悔。他被柊拉著手走進日無山，明明是盛夏的早晨，山中卻籠罩著淡淡霧靄。正因為天空蔚藍又遼闊，夏生的心裡湧上不安，彷彿有無數小蟲在肌膚上爬竄。

『……欸，柊，發生什麼事了？』

夏生強忍著想回去的心情提問，柊卻沒有回答。

『你又被附近那些人欺負了嗎？那我就再……』

『……夏生，你想跟我永遠在一起嗎？』

柊緩緩回過頭，眼神昏暗沉重，彷彿融入了蓊鬱樹林的暗影。他怎麼會問這種問題？儘管心生疑惑，夏生還是點點頭。

『當然啊，畢竟我們以前都在一起，我無法想像和你分開。』

『真的嗎……？』

柊笑逐顏開，周遭明明沒有風，樹木卻搖曳起來。柊緊緊握住驚訝的夏生的手。

『那就不要回別墅了，永遠留在這裡吧，就我和夏生兩個人。』

『……你在說什麼啊？這怎麼可能。』

『可以啊。因為夏生也想跟我永遠在一起吧？』

『我不是這個意思……唔！』

山裡沒有遮風避雨的房子也沒有食物，小孩哪有辦法生活下去。連夏生都明白這個道理，天資聰穎的柊不可能不知道。

『走吧，夏生。』

無法掙脫的夏天

柊拉著夏生的手，興奮地爬上狹窄的山路。

被柊拉著走時，霧也越來越濃，吞噬了周遭的景色。群樹的輪廓淡去，蟲鳴也消失，只能見度僅剩短短數公尺。原本旺盛到令人煩躁的生氣遠去，在逐漸染成乳白色的世界中，只剩下柊和夏生兩個人。

——自古以來，山林就是異界，無法用人世間的常識來解釋的另一個世界。

難道他們正在踏入茂彥說的那個異界？一道冷汗流過T恤下方，明明裹住全身的霧靄奪走他的體溫，甚至感到寒冷。

進山前經過的露營區公布欄上，貼了好幾張尋找日無山失蹤者的海報。他們或許也是像這樣被霧靄籠罩，不小心誤闖進異界。

『……柊……！』

柊抓著自己手臂的手看起來像大人一樣骨節分明，讓夏生發出哀號。當柊不由得停下腳步時，夏生拚命哀求道：

『我們回去吧！再走下去，我們會跑進異界……』

『……那不是正好嗎？』

『咦？』

夏生還以為自己聽錯了，柊卻帶著笑容，看起來既開心……又愉悅。

『我想要一輩子這樣，永遠永遠跟夏生在一起，為此就算要去異界也無所謂。』

『柊……？』

柊不停拉扯的力氣大到不像小孩子，夏生被連拖帶拉地走上山路。夏生覺得周遭的樹影看起來都模糊不清，但在柊眼裡，周遭的景象似乎十分鮮明。

『從警示牌這裡走進去就是捷徑喔。』

當霧靄中浮現森林大火的警示牌後，柊拐進岔路。這條路被岩石包圍，無法想像跟剛才是同一座山。

而前方——是一片黑暗。彷彿一顆星點也沒有的夜空被緊緊壓縮，到處都是深不見底的幽暗。

本能警告夏生不能繼續往前走，如果被這股幽暗困住，就再也回不去了。

『不要，好可怕……！』

夏生放聲大喊，用全身的力氣揮開柊的手。

柊驚訝地瞪大雙眼，他的臉和身體在轉眼間被白色霧靄包裹住——不對，那真的是霧嗎？彷彿是棲息山林的妖怪群起而上，想將柊帶到某個地方……

『……柊？』

戰戰兢兢地睜開下意識緊閉上的雙眼，夏生差點腿軟……柊消失了，明明直到剛才都在他身邊。

『柊？……柊！』

夏生在現場大喊了好幾聲，卻都無人回應。他鼓起勇氣、想往前踏出一步，卻瞬間「轟」地颳過一陣強風，將濃密的霧靄、莫名寂靜的氣氛和盤據於四周的幽暗都颳散。

唧——唧——唧——……

聽著遠方再次傳來的蟬鳴，夏生茫然地呆站在原地。眼前不再是一片幽暗，而是池水滿盈的水藍色沼澤。

在澄澈水面上擴散的巨大漣漪，緩緩融入水中。

後來夏生連滾帶爬地衝下山，將柊消失的事情告訴別墅裡的茂彥和父母親。大人們報警，甚至出動了當地的義消團體和自衛隊，展開大規模搜索。

警方認為柊也有可能是遭到綁架，所以將露營區的遊客和當時在日無山周遭通行的車輛都徹底搜查過一遍。

夏生說柊可能掉進沼澤裡了，所以有幾名潛水員潛入調查，但最終沒找到柊，搜索人力也隨著時間經過，慢慢減少……柊失蹤兩週以後，公家機關的搜索行動宣告終止。

『明明再三交代過小孩子不能單獨進山了！』

夏生有生以來第一次被父母毆打痛斥，茂彥卻沒有責怪他。當夏生說出柊想去異界的事後，茂彥悲痛地閉上雙眼告訴夏生，其實這場旅行結束後，他跟珍妮佛就打算離婚。

珍妮佛的精神狀況本來就不穩定，但她再也無法忍受丈夫長年不歸，終於在一個月前左右提議離婚。茂彥也對始終不想融入日本文化的妻子心生厭煩，兩人立刻達成協議。

可是柊強烈反對父母離婚。

珍妮佛拿到了柊的扶養權，預計在離婚後帶著柊回美國，因此柊拚命向茂彥表示自己想留在日本，不想和夏生分開。

茂彥也想答應柊的請求，但無法天天回家的他不可能養育孩子，爭奪扶養權一定會輸。因為無法完成柊的心願，他才計劃了這次的家族旅遊，希望多少留下一點回憶。

得知狀況後，夏生的父母也主動幫忙茂彥。之所以沒跟夏生說離婚的事，是想讓他愉快地度過這場最後的旅行吧。誰也沒料到柊居然會發生這種事。

——我想要一輩子這樣，永遠永遠跟夏生在一起，為此就算要去異界也無所謂。

柊的態度始終不太對勁，還說了那種話，都是因為他知道旅行結束後就要跟夏生分開了。但夏生卻對他不理不睬，最後還揮開了他的手。

……都是我的錯……！

如果夏生當時沒有鬆開手，柊肯定不會失蹤。雖然大人們——連說過異界傳聞的茂彥都說「絕對不可能」，但柊一定是被帶到那片濃霧的另一邊，廣大的異界了……因為這就是柊本人的期望。

柊失蹤後不到半年，珍妮佛就和茂彥離婚，飛回美國。「柊的失蹤可能和父母有關」這種無情的誹謗中傷謠言一時間甚囂塵上，似乎讓珍妮佛十分難堪。

前兩三年，茂彥還會招募志工、定期搜索日無山，但是跟女助手再婚後就不再這麼做了。

只有我一個人也要去找——夏生幹勁十足，但父母堅決不同意。讓一個小孩子進山搜索太離譜了，夏生本來就對柊失蹤一事相當自責，在這種狀態下進山也只會徒增失蹤人口。面對父母的指責，仍受到父母庇護的孩子無力反駁。

——柊失蹤後過了十年。

原本是小學生的夏生變成了大學生，柊卻依舊毫無音訊。已經沒有任何人相信柊還活著了。

茂彥將鄰近的那棟房子賣掉，和新的家人一起搬走了，夏生也聽母親說，珍妮佛似乎也在美國再婚了。雖然沒說出口，但夏生的父母和妹妹應該都覺得柊在某個地方喪命了。

但夏生就是沒辦法放棄。

柊一定還活著……在濃霧另一邊的異界，他不由得這麼想。如果柊真的在某處喪命，夏生一定會知道才對。

升上大學的第一個暑假剛開始，新聞就報導了一起事件，讓夏生這股毫無根據的自信轉為確信。柊失蹤的日無山的那片沼澤，出現了一具浮屍。

確認浮屍是十三年前——也就是柊消失的三年前，同樣在日無山失去音訊的男性後，媒體大為騷動。司法解剖的結果顯示男性的死因為心臟衰竭，沒有他殺嫌疑，但就算警方仔細調查，依然無法掌握到男性在這十三年來是在哪裡、如何生存的。現今街上到處都設有監視器，要不留下一丁點生存痕跡幾乎是不可能。

難道這十三年來，他都在山裡生活嗎？

再加上過去有許多人失蹤，媒體便將日無山渲染成神隱之地。

採訪團隊和直播主連日湧進日無山，連可疑的超自然研究家都攪和進來，擅自發表見解，夏生卻不禁感受到某種命運的安排。因為男性浮屍出現的日期，和十年前柊失蹤的日子一樣。

難道柊也跟男人一樣，活在深山某處的異界裡……希望夏生去救他嗎？思及此，夏生就坐立難安，下定決心要再次進入日無山。為了以後尋找柊時能派上用場，夏生努力打工存了一筆錢，所以費用不成問題。

發現浮屍半個月後的今天，天還沒亮，夏生就從獨居的公寓出發，沿著山路不斷往上爬……終於來到十年前吞噬了柊的那片沼澤。

……對不起，柊，我花了十年才又來到這裡，但這次我一定會把你找出來。

夏生吐出不知不覺屏住的氣息，在岸邊蹲了下來。

「……好安靜……」

沼澤的藍色水面跟那天一樣波光粼粼，除了夏生之外，一個人也沒有。過了半個月，媒體的採訪熱潮也漸漸冷卻了吧，能不顧他人眼光隨處走動，真是謝天謝地。

夏生捲起上衣袖子，輕輕將手沉入水中。

……好冰。他攪動水面，感受到一路走來發燙的肌膚逐漸冷卻下來，試著嗅聞濡溼的手，卻只聞到淡淡的水草氣味。手沒有溶解或腐爛，只是非常普通的水。

但十年前盈滿這片沼澤的不是水，而是凝滯的深沉幽暗。雖然沒人願意相信，但夏生確實親眼目睹了濃到非比尋常的大霧，和充滿幽暗的沼澤。這兩者一定和柊的失蹤，恐怕也跟那位被人發現遺體的男性的失蹤息息相關。

「柊、柊！……柊！」

夏生擦乾溼掉的手，開始沿著水岸繞行，巡視四周。

「是我，夏生啊！你在的話就回答我一聲，柊……！」

那天也是萬里無雲的大晴天，空氣卻莫名冰冷潮溼，連汗水流過衣服下方的觸感和遠方的蟬鳴都跟記憶如出一轍，唯一不同的是柊不在自己身邊。

但不管夏生怎麼走，沼澤水面依然清澈，毫無漣漪，也沒有起霧的徵兆。不久後，夏生看見綁上繩子做記號的樹，沮喪地垂下肩膀，這表示他繞完一圈，回到出發地點了。

「唉……」

明明盡可能趕在跟當時相近的時間點抵達，太陽卻在不知不覺間升上高空，都快中午了，也沒有任何變天的徵兆。

……這樣應該不會起霧吧。

他坐在草叢旁喝著果凍飲料當午餐，並用氣象ＡＰＰ確認這一帶的氣候，但降雨機率為零，也沒有警報之類的通知。

但十年前應該也是如此。他跟柊一進這座山就起了霧，沼澤也染成一片漆黑。所以夏生隱隱期盼著今天只要來到這片沼澤，就會像當時那樣出現濃霧，開啟柊誤闖的那扇異界大門。

夏生將臉埋進立著的雙腿之間。

「柊……你在的話就出來嘛。」

好想見他。好想現在馬上見到他，看看那張人人都說可愛，比附近的女孩還美麗的笑容。柊不喜歡大家說他像女孩子，所以夏生至今都沒說出口，但每當柊對他露出笑容，他總會有些怦然心動。

「我好想你……」

但在最後的記憶中，柊的表情卻因為驚訝與悲傷而扭曲，他完全沒想到夏生會甩開他的手吧。

如果能再見到他，我想跟他道歉。對不起，當時揮開了你的手……對不起，我什麼都不知道，讓你孤單寂寞。

我會道歉，不管要說多少次都行，我會道歉到你原諒我為止。

「……柊……！」

再也忍不住的淚水下一秒就要溢出眼眶，夏生想用手背粗魯地擦拭時，終於發現——周遭瀰漫著白色濃霧。

「什麼……！」

他下意識站起身，霧也變得越來越濃，轉眼間就籠罩四方。

……跟當時一模一樣！

那沼澤呢——他環顧一圈，但視線範圍早已被濃霧掩蓋，連自己伸出去的手臂前端都變得模糊難辨。

好奇怪。十年前確實也有濃霧籠罩，但仍能清楚看見染得漆黑的沼澤，還有和自己牽著手的柊的表情。

……難道他在不知不覺間闖進了和柊不同的異界？

沒錯，為什麼會以為異界只有一個呢？如果有好幾個被稱為異界的其他世界，而日無山就是異界出入口的話，未必會連接到跟柊一樣的世界。

「有人在嗎……！」

夏生嚇得失去血色，放聲大喊。隨便移動可能會掉進沼澤，但待在原地不動可能會失去理智。纏繞全身的霧氣宛如怪物的觸手，緩緩侵蝕他的理智。

無人回應，卻能感受到遙遠的彼方隱約有人影在晃動。夏生揉揉眼睛……他沒看錯，濃霧的另一頭有人！

「……救救我！請救救我！」

夏生將雙手當成擴音器，拚命對人影呼救。原以為那個人沒聽見，但那道搖晃的人影忽然靜止不動，隨後筆直地往這裡走來。那個人注意到他了。

在這片連自己的身影都難以捉摸的霧中，那個人的模樣清晰地浮現，彷彿有聚光燈照射在他身上。

是個身穿藍色作務衣的高挑年輕男性，應該比夏生足足高了一顆頭以上。

一身精實的肌肉撐起那件作務衣，修長的雙腿拘束地從長度略短的褲子延伸而出。仔細看那不像日本人的深邃五官，精緻端正得驚人，但可能是因為那對豐脣帶著親切溫暖的微笑，所以毫無壓迫感。如果他穿的不是作務衣，而是戰鬥服的話，似乎也能在好萊塢電影中擔綱主角，應該很適合扮演華麗操作機關槍的特務間諜，或是跟巨大惡勢力對戰的正義士兵。

但是男人的那對眼眸讓夏生看得目不轉睛。如寶石般鮮豔的綠色眼瞳，那是……那是……

「——夏生。」

男人愉悅地揚起嘴角，用響亮又低沉的嗓音這麼說。

……他為什麼知道我的名字？

夏生正想開口詢問，腦袋裡被濃霧籠罩。

男人用健壯的手臂抱住了夏生癱軟的身軀。

唧唧唧——一股惱人的噪音鑽進耳膜。

無法掙脫的夏天

聽出那是蟬鳴聲後，夏生翻了個身。他討厭蟬鳴，柊消失的那一天也能聽見喧囂的蟬鳴聲。

這次感受到一陣微風吹上胸口，夏生畏寒地顫了一下，就聽見「呵呵」的輕笑聲。不知怎麼地，一股酥麻的感受竄過背脊。

「……你的睡相還是這麼難看。」

有個柔軟的物體蓋上胸口，似乎是有人幫他蓋了被子。梳理凌亂髮絲的手非常舒服，讓夏生像受到疼愛的貓湊近磨蹭。

「……唔……！」

就在昏昏沉沉、即將墜入夢鄉之際，夏生猛地睜開眼睛。上大學後他就在外獨居，不可能有人溫柔地替他蓋被子。

「怎麼，你醒了啊？」

帶著微笑說「可以再多睡一會兒啊」的人，就是在濃霧中出現的那個男人。男人讓夏生躺在被褥上，盤腿坐在夏生身旁，輕撫他的臉頰。看來就是他救了昏厥的夏生，扛來此處。

約莫五坪大的和室整理得有條不紊，敞開的紙拉門後頭連接著木板走廊和簷廊，更後方還有一座小庭院。從天花板垂吊下來的燈罩中有個大電燈泡，發出微弱「喀噠」聲響運轉的電風扇是藍色風扇，充滿了懷舊感……不管怎麼看都是民宅，但日無山裡應該沒有民宅啊。

「……啊……你、你是誰……？這裡到底是哪裡……」

「你不認得我嗎？」

什麼認不認得，他今天是第一次見到這個男人。夏生疑惑地點點頭，男人就難過地將垂下眉尾。

「……這樣啊……畢竟在那之後已經十五年了……」

「咦？……那個……」

「是我啊，夏生。我是四辻柊。」

「————啊？……柊？」

夏生瞪大雙眼，緊盯著眼前的男人。

男人的肉體健壯魁梧，就算被好幾人包圍也能輕鬆打倒，端正的五官散發出濃郁的男性氣息，嗓音低沉卻略帶寵溺。就算扣除年齡差距，男人和柊也沒有共通點，唯有那雙綠色眼眸除外。

夏生還來不及否定「怎麼可能」，男人就開口了。

「……剛上小學的時候，你來我家住，結果尿床了。」

「唔……！」

「你哭著說絕對不想被其他人發現，我們就在媽媽醒來前偷偷去洗床單……但是我們亂倒洗衣精，把洗衣房搞得到處都是泡沫，最後不但尿床的事被發現，還被臭罵一頓。」

「……你怎麼會……知道這件事……」

除了夏生和柊之外，只有珍妮佛和登門道歉的夏生母親知道這件事，她們也不是會到處張揚這種事的人。

「還有什麼呢……那我們來聊聊飯塚那傢伙拿普通卡跟你交換了稀有卡，謊稱那是超級稀有卡的事？還是你不僅在芽依面前摔得狗吃屎，還力道過猛，不小心扯下她裙子的事……」

「唔哇啊啊啊啊！夠了！別再說了！」

夏生立刻坐起身，瘋狂搖頭。

飯塚是小時候欺負柊的同學，仇視著保護柊的夏生，動不動就捉弄他。芽依則是住在附近的女孩子，夏生對她抱著淡淡情愫，但發生扯裙子事件後，芽依一見到夏生就會故意轉過頭去。

這兩件事都太過丟臉，夏生連父母都不曾說過，只有柊才知道這些事。所以這個男人真的是柊嗎？那個像玻璃工藝品一樣纖細飄渺，總躲在夏生背後的柊……？

「還有……這個。」

用眩目般的眼神盯著夏生的男人，「鏘啷」一聲，從胸口拉出一條墜鍊。

鑲嵌著祖母綠寶石的白金吊牌奪走了夏生的視線。那是柊住在美國的祖母向知名珠寶設計師訂製的墜鍊，柊在夏生面前消失的那一天，曾戴在胸前……

「……你真的、是柊？」

「是啊。」

「真的真的，是柊嗎？……明明變得這麼像外籍軍團的傭兵？」

「什麼外籍軍團啦。」

不禁失笑的那張臉龐，跟記憶中的笑容重疊。受到隨著嗚咽聲湧上心頭的衝動驅使，夏生撲進男人……柊那判若兩人的健壯胸膛。

「柊、柊、柊……！」

就算夏生用力撲過去，厚實的胸膛也文風不動。那股帶著淡淡肥皂香氣的懷念氣味，讓夏生的眼淚溢出眼眶。

「原來你……原來你還活著……！」

「夏生……」

「我好想你……一直一直很想你……！」

無法掙脫的夏天

——在我面前消失後，你是怎麼活下來的？

——這裡到底是什麼地方？

——為什麼你當時會出現在霧中？

想問的問題接二連三地湧上心頭，顫抖的雙脣卻只能發出支離破碎的嗚咽聲。夏生用雙臂環抱住柊肌肉結實的後背，到處拍打了幾下，將臉埋進他的左胸。眼前的柊不是幻覺……夏生忍不住確認他還活著。

……好溫暖……

隆起的胸膛傳來稍快卻強而有力的心跳聲和隔著作務衣感受到的體溫，這都代表柊是活生生的人。

他不知道多想聽到這個心跳聲，多想感受這股熱度。

「……夏生，喂，夏生。」

任夏生為所欲為的柊動了動身子，輕拍夏生的背。

「一下下就好，你能不能放開我？」

「不要。」

「居然說不要，你真是……」

「我絕對不放開你，我的柊能量還完全不夠。」

夏生拚命搖頭，更加重擁抱的力道。儘管只放開一瞬，柊感覺也會再次消失，令他感到害怕。他想好好感受柊的體溫，把分開的十年份補回來。

「……唔、夏生……」

柊的胸口為之一震，輕撫夏生的後腦杓，懷念地用指尖確認夏生睡醒後到處亂翹的髮梢觸感。

「拜託你，放開我啦……我的夏生能量也不夠啊。」

「柊也是嗎……？」

「雖然一直看著你的睡臉，但我也想看看你醒來活動的樣子。讓我好好看看長大後的你吧。」

這個略帶哀傷的懇求，讓夏生的心隱隱作痛。在柊的心中，夏生也還是八歲小孩的模樣。

……他想實現柊的心願，卻還是害怕與柊分開。

柊似乎看穿了夏生複雜的心思，他輕輕抱起夏生的腰，讓他面對自己坐在腿上。

「這樣就能一直黏在一起了吧？」

「……唔、嗯，可是……」

這次是你的漂亮臉蛋靠太近了，讓人難以自持。夏生還來不及提出抗議，雙頰就被巨大的手掌捧住。

「——夏生，你都沒變呢。」

「那、那還用說，跟你比起來誰都——」

「還是這麼漂亮又可愛。剛剛在沼澤發現你的時候，我馬上就認出來了。」

你說誰可愛啊？以前的你比較漂亮吧——夏生無法這樣吐槽他，因為在那雙比祖母綠還鮮豔的眼眸深處，閃爍著失控癲狂的光芒。

……柊以前有這麼成熟嗎？

柊看起來不是在裝老成，而是真正成熟的男人，讓夏生十分困惑。柊明明跟夏生一樣是十八歲才對，卻絲毫沒有大學同學那種悠閒天真的態度。

「柊……」

「喂～柊哥～！」

夏生正想開口詢問，就聽見小孩子的高亢嗓音。

他驚訝地回頭看去，有個十歲左右的調皮男孩爬上簷廊，用力揮著手。他穿著無袖的白色上衣和卡其短褲，頭髮剃得短短的，打扮就像從古早的黑白電影裡跳出來的。真想讓他拿著捕蟲網和昆蟲箱。

「時間差不多了～！要趕快帶那個漂流者過去才行！」

「知道了，我馬上出發！」

柊有些依依不捨地從腿上放下夏生，悄悄將嘴唇湊到夏生耳畔，彷彿不能被男孩聽見。

「我知道你有一大堆問題想問，但現在先閉上嘴，乖乖照我的話去做，之後我會好好回答你的。」

「……好。」

柊絕對不會做出傷害夏生的事情。這位睽違十年重逢的兒時玩伴呢喃了一句「對不起」，將夏生攙扶起來。

「這裡離村長家不遠，你有辦法走嗎？」

「嗯，應該……沒問題。」

夏生試著踏出步伐，但沒有感受到暈眩，柊也露出安心的表情。夏生在柊的催促下走到簷廊時，百無聊賴地晃著雙腿的男孩子發出「哇～」的歡呼聲。

「天啊～！我第一次看到柊哥和吉川叔叔以外的漂流者！」

「喂，和夫，怎麼能對初次見面的人擺出這種態度，應該先打聲招呼吧？」

「啊，抱歉……你好，我是澤田和夫。」

被柊瞪了一眼後，和夫跳下簷廊並鞠躬問候。他斜眼詢問柊「這樣可以嗎？」，柊才無奈地點點頭。

看見兩人輕鬆的互動，夏生內心十分吃驚。以前柊很怕生，很少和家人跟夏生以外的人打好關係，但他跟和夫之間似乎完全沒有隔閡。

……和夫還叫他「哥」啊。

在這十年內，柊在夏生不知道的地方建立起了自己的人際關係……這很正常，夏生也會跟柊以外的朋友來往，他明明沒有權利責怪柊。

「……你好，我是櫛原夏生。」

夏生忽視自己煩悶的心思，也鞠躬問候。和夫開心地笑著點點頭，像在反覆回味。

「夏生、夏生……那就是夏哥嘍，請多指教！有任何不懂的事都可以問我喔，因為你之後會一直住在這裡。」

「咦……」

「——和夫，他還沒見到村長，不要多嘴。」

被柊低聲警告後，和夫縮起脖子，大喊著「我先過去嘍」跑走了。

……一直住在這裡是什麼意思？

雖然很在意，但現在問了柊也不會告訴自己吧。

夏生打消提問的念頭，嘆了口氣，而柊把鞋子併攏放在他面前。那是夏生穿來的登山鞋，應該是柊幫他脫下來保管的。對了，他揹來的背包到哪裡去了？裡面有緊急糧食、替換衣物和手機，希望柊有替他保管好。

「走吧，夏生。」

夏生穿好鞋子來到庭院，柊就向他伸出手。骨節分明的手變得好大，跟十年前判若兩人，儼然是成熟男性的手。

當初自己就是揮開了這隻手，兩人才會被迫分離十年。如果現在又緊緊牽著這隻手，然後鬆開的話……

「啊……」

夏生猶豫不決時，柊抓過他的手與他十指交扣，露出苦笑。

「你還在擔心我可能會再次消失吧？」

「……為什麼……」

「我對你瞭若指掌，從以前就是這樣吧。」

是啊，每當覺得心煩或高興的時候，即使連父母都沒察覺，柊也能輕易看穿他的心思。從茂彥口中得知有種名為「覺」的妖怪可以看穿人心的時候，夏生甚至懷疑柊的體內是不是也有覺的血脈。

「……你……真的是柊呢。」

「怎麼，你還不相信嗎？」

「沒有，不是那樣……只是發現你長大後變得判若兩人，卻還是跟以前一樣，覺得很開心。」

「……是嗎？」

柊瞇起綠色眼眸，加重了手指緊扣的力道。

「別擔心，夏生，我不會再離開你了。就算放開手，只要再牽起來就好。」

「柊……是啊，說得也是。」

兩人看著彼此笑了一會兒，走出庭院。

一穿過黑木搭建的古風大門來到外頭，夏生愣在原地。遠方那棟民宅的圍牆後方，有個老奶奶和中年女性目不轉睛地盯著他看。就算被夏生發現，她們不僅沒躲回家裡，反而定睛注視，彷彿要看清夏生的真面目。

「她們只是覺得你很稀奇而已，要是在意這些人的視線會沒完沒了。」

夏生馬上就聽懂柊這句忠告的意思。以住宅區來說——這個平房住宅零星散布的村落氣氛格外沒落，四處都有居民在偷看夏生。

這些居民絕對不靠近或上前攀談，但打量般的視線纏上夏生全身，一刻也不曾消失。

……好奇怪。

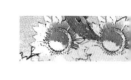

不只是居民，眼前的所有事物都不對勁。

踏在腳下的地面未經鋪設，到處裸露出紅褐色泥土。電線杆是直接用圓木砍去枝葉製成，卻沒有裝設路燈之類的設施。別說便利商店了，連私人經營的小店都沒有，取而代之的是零星散布的田地，茄子、番茄和黃瓜等當季夏日蔬果結實累累。

硬要說的話，雖然很像夏生祖父母居住的鄉下城鎮，但那裡的路面至少是鋪設過的，而且不能指望公共交通機關，所以家家戶戶都一定有一台車。可是，就夏生目前見到的每戶民宅裡都沒有車，路上當然也沒有行駛的車輛。

在田裡務農的人們是使用鋤頭或鏟子，沒有曳引機。面積這麼大的農地要全靠人力耕種，感覺會非常辛苦。

「……是漂流者。」

「是柊以後的第二個吧……這麼年輕，畑野家的丫頭要不要考慮一下？」

「應該先考慮柊吧。澤田家的女兒年齡比較相配，可惜她是那種怪脾氣……」

那些竊竊私語的居民服裝也莫名古老，大部分都穿著和服，其他人則穿著和服搭配工作褲或浴衣的人，夏生的祖父母打扮應該都比他們還時髦。

穿著西式服裝的人是相對年輕，但他們的服裝也有點俗氣，跟現代的流行風格相差甚遠。以前他在相簿裡看過祖父母年輕時的照片，似乎就是這種打扮。根本沒有人穿著T

恤配牛仔褲。

周遭的氣氛彷彿套上了深棕色的復古濾鏡，其中柊的身影格外鮮豔醒目。雖然他也只穿著洗到褪色的作務衣卻反倒凸顯出他的底子有多好，應該不是只有夏生這麼認為。那些年輕女性根本不在乎夏生，都用熱情的視線緊盯著柊看。

「……？」

夏生忽然感受到一股刺人的視線，回頭一看，與一位黑長髮少女對上目光，那對像貓一般眼尾上揚的眼睛感覺相當強勢。不太合身的襯衫配上胭脂色百摺裙的打扮稍嫌俗氣，但是個無可挑剔的美少女。

他們應該連話都沒說過，少女為何非要用如此憎恨的視線瞪著他？

夏生滿心疑惑地繼續往前走，不久後來到被黑色木牆圍住的一棟大型宅邸。不管是瓦片鋪設整齊的歇山頂屋頂構造，還是沉重厚實的棟門[1]，都讓人聯想到寺廟或神社，連夏生這種局外人都能一眼看出住在這裡的是有權有勢的人。

「喂～！柊哥、夏哥！」

在門前等候的和夫揮著手往這裡跑來，看來這裡果然就是村長家沒錯。

「夏哥，我家老姊沒來找你麻煩吧？」

1 棟門：意指設有屋簷的木門。

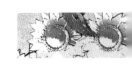

「……老姊？」

「就是，她長這樣。」

和夫用手指拉起眼尾並噘起嘴巴。說到板著一張臉的鳳眼女孩，夏生只想到一個人。

「是穿著白色襯衫和胭脂色裙子的漂亮女孩嗎？她是瞪著我看，但沒對我做什麼。」

「這樣啊，真不好意思。因為悅子姊很尬意柊哥，她應該會看夏哥不順眼。」

「尬、尬意？」

夏生疑惑地歪過頭，不曉得那是什麼意思時，柊告訴他那是「喜歡」的意思。這麼說來，以前和祖母看時代劇的時候好像聽過這個詞，至少不是和夫這種小孩子平常會用的詞彙。

又多了一個疑點，但被少女狠瞪的謎團解開了。因為剛剛那名少女……悅子喜歡柊，所以很嫉妒被柊牽著的夏生。竟然對不管怎麼看都是男性的夏生產生競爭意識，可見悅子真的很迷戀柊。

「夏生，我們只能陪你到這裡，你得自己去見村長。」

穿過棟門，來到鑲嵌著毛玻璃的拉門玄關前時，柊說出這句意想不到的發言。

「你不陪我一起去嗎……？」

「我很想陪你去，但漂流者一開始必須和村長單獨會面，這是小田牧村的規矩……」

我十五年前也是這樣。」

所謂的漂流者，應該就是像柊或夏生這樣被濃霧困住……誤闖小田牧村的人吧。而和夫和悅子這些打扮復古的人是原本的居民嗎？

「別擔心，夏生，村長雖然有些古怪，但不會傷害你。只要讓他看一眼、取得同意就好，馬上就結束了。」

「……好。」

都來到這裡了，要是因為害怕分開而鬧脾氣就太任性了。夏生神情緊繃地點點頭，柊就取下那條祖母綠墜鍊，迅速戴到夏生脖子上。

「柊，這個……！」

他不能收下這條墜鍊。這是柊最重要的護身符，在柊失蹤的時候，這是除了衣服之外，唯一戴在身上的東西。

「只是暫時讓你保管而已，之後記得還給我喔。」

柊揉了揉他的頭髮，夏生緊繃的臉頰放鬆下來。「歸還」一詞是肯定還會見面的意思。

夏生深吸了幾口氣，獨自走進宅邸。

沒有人出來迎接他，木頭長廊卻放滿了點燃的蠟燭，彷彿在指引他沿著燭光前進。

無法掙脫的夏天

明明是大白天，但因為屋內沒有開燈，導致室內格外昏暗，簡直就像鬼屋。再加上房屋構造十分豪華，更令人害怕，感覺隨時會有渾身是血的鎧甲武士從走廊轉角衝出來砍人。

夏生緊緊握著柊的墜鍊，戰戰兢兢地在走廊上前進，發現作為指標的蠟燭只延續到走廊盡頭的右側房間，看來是要進去這裡。紙拉門上面的圖案是什麼呢……四支被絲線纏繞著的細木棍……？

「打擾了……」

打開風格奇特的紙拉門後，裡頭的和室是個詭異的空間。

牆壁上貼滿了頭部被塗成紅色的紙人，在懸掛於天花板的幾盞紅燈籠光芒映照下，看起來十分妖異。和室深處的大平臺上放著花瓶和瓶子，裡頭插滿形似釣鐘的紫色花卉，以及裝著鹽巴的小盤子，設置於平臺四角的細木棍上纏捲著好幾道絲線，跟剛才紙拉門上的圖案一樣。

之所以會讓人聯想到祭壇，是因為坐在平臺前方的那個存在吧。那個人披著好幾件和服，胸前掛著紅線捆成的掛穗，頭戴白色頭巾，下半身穿著袴裙。這身裝扮讓人聯想到神職或山伏修行者。

但遮住臉龐的那副面具絲毫沒有神聖的氣息。

那副面具做成憤怒的表情，瞪大的雙眼和歪曲的嘴巴都被紅線縫起，看上去像在流血。從平坦結實的胸部來看應該是男性，但長相和體格等等都看不出是年輕人還是老年人。

「請……請問，您就是村長……嗎？」

夏生強忍住想馬上向後轉、逃出房間的恐懼開口提問後，村長點點頭，用戴著臂甲的手指著自己前方，是要他坐到那裡的意思嗎？

夏生依照指示，在離村長五十公分左右的地方跪坐下來，從被線縫起的瞳孔後方感受到一股強烈的視線。好，村長會跟他說什麼呢？會把柊過去在這裡的生活都告訴他嗎？

他緊張地等著村長開口，但村長始終沉默不語。不久後村長又輕輕點點頭，隨後跪著走到紙拉門前，就這樣離開房間。

「……咦咦……？」

獨自被留在這個詭異的和室裡，夏生十分困惑。村長一言不發地離開房間了，但他接下來該怎麼做？還有什麼事情該做嗎？

當他為忐忑所苦時，紙拉門靜靜地打開了。夏生嚇了一跳，以為是村長回來了，但是柊走了進來。看到跟剛才一樣的那身作務衣，緊繃的情緒頓時放鬆下來。

「夏生，辛苦你了。」

「唔……柊……！」

夏生立刻起身衝進柊的懷抱，抓緊作務衣的衣襟，柊也溫柔地拍拍他的後背。小時候柊被嘲笑像女孩子的時候都會眼眶含淚，當時明明都是夏生這樣安慰他。

「會面結束了，這表示你被認可為這個村莊的一份子，之後可以自由活動了。」

「那樣算是會面嗎？村長什麼話也沒說，只是盯著我看而已耶。」

「村長平常就不太愛說話，既然他沒說什麼，就代表你身上沒有可疑之處。我當時也是這樣。」

戴上那個面具後，要說話確實也不容易，村長總是戴著那個面具嗎？明明麻煩得不得了，到底是為什麼呢？

夏生忍住想提問的衝動，跟柊一起走出和室。他用手遮擋毒辣的豔陽，準備穿過棟門時忍不住停下腳步。因為村民們整齊地排在道路兩旁，綿延不絕地延伸至數十公尺前方的轉角處，幾乎所有村民都來了吧？

詭異的是，所有人都拿著用線捆住四支細木棍的道具。那個道具跟紙拉門上的圖案相同，但村民手上的道具中心裝著木軸，他們拿著穿過木軸的那根長木棒。

「歸～去～來～兮～歸～去～來～兮～」

「反反覆覆～周而復始～永不止息～」

「偉哉～苧環大人～神恩浩蕩～」

所有人都露出凝重的表情緩緩搖晃道具，齊聲唱著經文似的神祕歌謠。和夫和悅子也在隊伍前方，卻也跟大人一樣搖著道具，沒有走近他們。

「……唔……」

悅子瞥了夏生一眼後，緊抿著豐厚的嘴唇，但被和夫用手肘撞了一下，她急忙重新接續唱到一半的歌謠。隊伍最前方的老人搖響串著大量小鈴鐺，類似神樂鈴的道具後，村民的歌聲變得更加宏亮，彷彿能覆蓋整座村莊。

男女老幼的合唱聲響徹四方，若不是柊牽著他的手，夏生應該連好好走路都辦不到。他被帶到一開始醒來的那間和室，等聽不見奇妙的合唱聲，他才倒上鋪在地上的被褥。

「……那是怎麼回事啊……！簡直是靈異驚悚片……」

「你是被『苧環大人』認可的新人，那是為你祝福的儀式。因為每位村民都是虔誠的信徒。」

「……苧環大人……？」

在村民的歌謠中也有聽見這個名字，但如果夏生沒記錯，那應該也是這個村莊的名字才對。

「寫法不一樣。你看。」

柊從櫥櫃中抽出筆記本，用鉛筆在空白頁面寫下「Odamaki（苧環）大人」和「小田牧（Odamaki）村」這幾個字。他的字跡比以前還要成熟秀麗。

「『苧環大人』是這個村莊信奉的神明，也是村莊名稱的由來。應該是因為會混淆，才隨便找同音的字為村莊命名。」

「……好奇怪的名字，我從來沒聽過這位神明。」

「我猜語源是『苧環』吧。」

柊在神明的名字旁邊補上「苧環」兩字，又在壁櫥上方的小櫃子裡找了一會兒。多虧他身材高挑，不必用踏臺，他立刻拿出剛才村民拿在手中，一樣用線纏捲的道具。

「這就是苧環，類似捲線器，在很久以前的日本會使用這種道具。這是小田牧村的信仰象徵，家家戶戶都會常備。」

「啊……難道村長家的祭壇也是……？」

「沒錯，應該是仿造苧環的外型。畢竟村長也是負責祭祀苧環大人的祭司。」

喀啦、喀啦啦。

柊一拉扯線頭，苧環就發出細微聲響，轉了起來。另一側的線頭連接在木軸上，只要轉動拿著苧環的那隻手，鬆開的線就能纏回木棍，恢復原狀。鬆開後又復原，如此反覆循環。

柊把玩著手上的苧環說道：

「——十五年前，我在濃霧裡茫然地走著走著，就來到了這個小田牧村。」

「十五年前？……你是十年前在日無山失蹤的吧？」

夏生想到自己在這裡醒來時，柊也說過「已經十五年了」。是因為當時年紀還小，導致記憶混淆了嗎？

柊搖搖頭，表情像是在強忍著痛楚。

「是十五年前，夏生。」

「咦……」

「我在這個村子已經生活十五年了……我現在二十三歲。」

柊說，小田牧村是從夏生他們原本居住的世界分割出來的世界。因為村莊周圍被濃霧籠罩，無法外出，所以不曉得有沒有小田牧村以外的聚落。

但也不是完全隔離的狀態，跟原本的世界還是有些微的聯繫，所以偶爾會有像柊或夏生這種住在原本世界的人……也就是漂流者誤闖進來。

夏生這才赫然驚覺。

「……難道以前叔叔說的異界，是指小田牧村嗎？」

「應該是吧。我猜日無山的那片沼澤就是連接原本世界和小田牧村的入口……而且聽你這麼說，我就確定了。這個世界的時間流動速度果然和原本的世界不一樣。」

「果然？」

「你記得浦島太郎的故事嗎？」

突如其來的提問讓夏生感到困惑，但他還是點點頭。只要是日本人，小時候應該都聽過這個故事。

漁夫浦島太郎救了烏龜一命，並接受烏龜的答謝受邀至龍宮城，受到乙姬公主誠心誠意的招待。之後他依依不捨地回到故鄉後，發現故鄉流逝的時間是龍宮城的好幾倍，懷念的家人和親友都離開人世了。失魂落魄的浦島太郎打開乙姬公主贈送的珠寶盒，冒出一陣白煙，煙霧中的浦島也變得垂垂老矣——

「情況跟那個故事差不多……被拉進異界，得到寶物回到故鄉後，發現故鄉已經過了漫長的時光，許多國家都有這種類型的故事。換句話說，不只是小田牧村，所有異界的時間流動速度都跟現世不同。」

「原來如此……」

聽到柊思路清晰的解釋，夏生不禁深感佩服。這麼說來，柊八歲的時候就已經把作為民俗學者的父親茂彥的藏書都讀完了，這種推理應該是他最擅長的事。長大成人後，他那清晰的頭腦似乎更加聰慧了。

柊目不轉睛地盯著夏生。

「你是十年，我是十五年，所以這裡的時間流動速度比原本快了一點五倍。你現在是十八歲嗎？」

「……幹嘛一臉驚訝？」

「沒有……因為剛找到你的時候，你看起來頂多十五歲，我還以為這邊的時間流動速度會更快一點。」

「你是說……」

我看起來像小孩子嗎？——夏生無法說出這句抱怨，因為柊無比憐愛地瞇起了他的綠色眼眸。

「是……是你變得太高大了吧。以前明明比我還要嬌小可愛，結果竟然變得這麼帥，說話還充滿男子氣概。」

「當時是母親的基因比較明顯吧。我在這裡經常要做粗活，自然會鍛鍊到身體。而且這副魁梧的身軀，也不適合用小男孩的說話方式吧。」

回答時，柊的嘴角微微上揚。

「……你說我變帥了啊。你看到我也有這種想法嗎？」

「咦……咦？」

那抹蕩漾的笑容中帶著十年前沒有的冶豔氣息，流淌著讓人怦然心動的成熟性感。

……他現在會露出這種表情了啊。

或許就是在這一刻，夏生才真正體會到柊變成年長五歲的成年人了。連同為男性的兒時玩伴夏生都會看得入迷，悅子應該會馬上把持不住吧。

「……很帥啊，要是走在澀谷或原宿那種地方，感覺會一直被星探搭話。你在這裡也很受歡迎吧？」

「嗯……算是吧。但我覺得夏生一定也會很受歡迎。」

這是因為漂流者基本上都很受歡迎。在小田牧村這種狹小的異界中不斷通婚，血緣一定會變得越來越濃，但跟漂流者結婚能沖淡這種血緣關係。

但村民也不會無條件接受漂流者，如果對村莊有害會遭到處分，而判斷有害與否的人便是村長。

「根據傳聞，村長隸屬於小田牧村被分割時就傳承至今的古老家族，世世代代都擔任祭祀苧環大人的祭司。村民相信苧環大人是掌管不變的神明，也是村莊的守護神。」

「所以說，如果是那位神明的祭司的判斷，村民就會相信嗎？」

既然對祭司村長信賴至此，村民對苧環大人這位神明的信仰應該很強烈，甚至願意接納忽然出現的漂流者。夏生是典型的日本人，會慶祝聖誕節，在除夕夜聆聽鐘聲，正月也會去神社進行初次參拜，所以對此有些難以置信。

柊「喀啦啦」地轉了轉苧環。

「回歸正題……我在十五年前來到小田牧村、見過村長後，村長就成了我的監護人。畢竟一開始碰巧找到我的人就是村長，他說這也算是某種緣分。」

「那你是在那座宅邸長大的嗎？」

「不是，實際扶養我長大的是和夫的父母。村長的妻子早逝，也沒有僱用僕人，實在無力再扶養孩子。」

所以和夫才會稱他為「柊哥」，跟他這麼親密啊。

和夫會對初次見面的夏生如此友善，一方面是因為天生不怕生，也是因為夏生跟形同兄弟一起長大的柊一樣是漂流者吧。單看柊跟和夫的關係，和夫的父母應該也很疼愛柊這個漂流者……

「……對不起，柊。」

夏生跪坐在被褥上，深深低頭鞠躬。

「夏生？你幹嘛忽然道歉？」

「我一直心想如果能見到你，就要跟你道歉。要是當時我沒放開你的手，你就不會誤闖到這種地方……可以在原本的世界生活。」

雖然受到村長這種權貴人士的庇護，和夫的父母也待他不薄，但他們終究不是柊的家人。他得在這座信奉苧環大人這種神明的奇妙村莊，沒有家人也沒有朋友，孤零零地生活十年……不，十五年，根本就是一場悲劇。

柊可是夏生這種人望塵莫及的優秀人才，在原本的世界應該能夠盡情選擇自己的未來……也能和美國的母親和祖母一起度過幸福美滿的生活。

「全部……全部，都是我的錯。我知道不是道歉就能了事……可是……對不起……對不起……！」

奪眶而出的淚水滴滴答答地落在攏於腿上的雙手。感受到柊緩緩移動的氣息，夏生繃緊全身。他已經做好乖乖受到柊拳打腳踢的覺悟……就算知道這點程度也不足以補償自己的罪過，他也甘願承受。

「夏生。」

被淚打溼的手被人輕輕提起，夏生也跟著抬起頭來，瞪大雙眼，因為柊露出了前所未見的開心微笑。

「你別道歉，我從來沒有恨過你。」

「……為、為什麼……」

「你會出現在這裡，代表你又去了日無山的那片沼澤吧？……你沒有忘記我，才跑來找我吧？」

包覆著自己的手十分炙熱，逐漸融化了這十年來如淤泥般不斷沉積的後悔與自我厭惡。

將差點滿溢而出的情緒和嗚咽聲一起嚥下肚，夏生回握住那雙比自己大上一圈的手。

「……我從來……沒有忘記過你，一次也沒有……」

「夏生……」

「我一直……一直在找你。就算警方不再搜索……大家都說你已經死了，我……只有我，沒辦法放棄你……！」

又有幾滴滾燙的淚珠打溼了手，那不是夏生，而是從柊的眼眶滴落的淚水。夏生覺得自己快被深處燃著火焰的那雙綠色眼眸吸進去了。

「——我也一樣，夏生。」

那個笑中帶淚的表情跟十年前重疊。柊一把拉過忍不住看入迷的夏生，緊緊擁入厚實的胸膛。

「這十五年來，我一直很想你……我只想要你……」

「……柊……？」

柊的體重忽然壓上來，無法撐住的夏生往後倒上被褥。夏生下意識地想掙扎，柊卻輕而易舉地將他制伏，那張俊秀的臉龐湊近夏生。

「——我喜歡你。」

瘋狂囁嚅的雙唇貼上夏生微微張開的唇瓣。直到柊帶著熱度的胯下頂上來，夏生才明白自己被吻了。

……柊勃起了？為什麼？……因為我？

隔著作務衣也能感受到壓在身上的軀體如燃燒般滾燙，彷彿能輕鬆壓碎嬌小的夏生。

看到夏生立刻打算推開自己，柊鬆開他的唇，在他耳畔輕聲呢喃：

「悅子在看，就這樣乖乖別動。」

「……唔……」

夏生側眼看向簷廊外的廊臺，差點發出慘叫，因為悅子正從庭院的樹蔭下瞪著他們，那雙大眼中燃燒著熊熊妒火。窗戶和紙拉門都是敞開的，沒有任何東西能遮擋住悅子的視線。

不知不覺間傳來了陣陣蟬鳴。

「我喜歡你，夏生，我愛你……」

這聲甜蜜到足以讓人態度軟化的熱情告白，應該也傳到了悅子耳中，她手上的苧環發出了吱嘎聲響，就是最好的證明。

「嗯……！」

夏生沒有抗拒再次吻上來的唇，以及著急地伸進嘴裡的舌頭和環上後背的強力臂膀。感覺只要稍微離開柊身邊，就會被悅子狠狠抓住。

……怎麼會露出那麼可怕的眼神……

彷彿在說「我要殺了你」的眼神，一點也不像十五歲左右的少女會有的。

夏生的身體一顫，一隻大手伸進他的上衣衣襬，彷彿在享受汗溼肌膚的觸感，慢慢往上爬。

「……嗯……唔……！」

乳頭被捏住的同時，舌頭也被緊緊纏住，未知的感受如電流般竄過全身。

夏生忍不住想用眼神提出抗議，卻渾身僵住，因為柊的綠色雙眸之中搖曳著危險的光芒。

——不准看其他地方。

沉默的命令緊緊束縛住夏生。

就算被悅子充滿殺意的視線刺上，微微凸起的乳頭被柊乾燥的指尖揉捏玩弄，夏生的目光也離不開那雙綠色眼眸，只能乖乖接受這場以接吻來說太過刺激的蹂躪。

「……呼……嗯唔……！」

夏生曾經覺得，如果柊交了女朋友，一定會把對方當成公主細心呵護，應該會是那種光是牽手對視就會臉紅的青澀情侶。唾液混合交纏，連呼吸都被掠奪……完全沒想到他會做出這種粗暴的親吻。

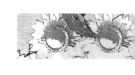

每當夏生的四肢不由自主地打顫，環在身後的手臂就會加重力道。柊以為他想要逃跑嗎？他現在被沉重滾燙的身體壓住，都快喘不過來了，怎麼可能有辦法逃跑。

「……她走了。」

不久後，當柊戀戀不捨地移開唇瓣時，夏生渾身疲軟無力，無法活動身體，甚至沒力氣將賴在上衣底下的那隻手趕出去。悅子似乎離開庭院了……

「……為什麼……她明明在看，你還做這種事……」

夏生好不容易調整好呼吸提問後，柊的嘴角微微上揚，感覺像在哄他似的，這應該不是錯覺吧。現在的柊可是比夏生大五歲的大人。

「就是因為她在看啊。畢竟我跟悅子的親事快要成定局了。」

「親、事……？她怎麼看都才十五、六歲而已吧？」

「她今年十五歲，但在這裡完全可以論及婚嫁了，畢竟小田牧村裡沒有醫院也沒有醫生。」

村裡雖然會使用古老的漢方藥材，但無法跳脫民俗療法的框架。在原本的世界中只要看醫生就能順利治好的傷病，在這裡能奪人性命。

所以這裡的平均壽命不高，因此似乎建議女性在年輕時結婚，盡量生孩子。其實悅子的母親也是在十四歲結婚，隔年就生下悅子了，讓夏生十分驚訝。

「這裡是戰國時代嗎……」

「依我的見解，這裡的文明水準應該是我們祖父母活躍的那個世代……是原本世界的六、七十年前。」

在這種世界觀下，婚姻對十五歲的悅子來說根本不算太早，反倒會被催婚。向年輕貌美的悅子求婚的年輕男性絡繹不絕，但全被悅子婉拒了，因為她聲稱「絕對不和柊哥以外的人結婚」。

「因為我是漂流者，更慘的是周遭的人也贊同這樁婚事，哪天被霸王硬上弓也不奇怪，所以我才拜託村長讓我從澤田家獨立。」

「……你、不想結婚嗎？悅子明明這麼漂亮。」

「她本性應該不壞，但我無法把她當成結婚對象。」

柊說得斬釘截鐵，對剛才那個深吻依依不捨，渾身散發出男人的性感氣息。

和這種男人在同一個屋簷下長大，換作是其他人，也沒辦法多看其他男人一眼吧。不禁覺得悅子有點可憐。

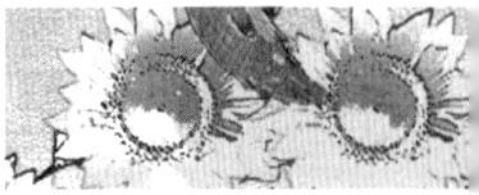

……可是，原來如此。

夏生終於明白了。柊會突然做出這種行為，是為了讓悅子——

「不是為了讓她死心。」

「……啊……？」

「我這麼做，不只是為了讓悅子死心。」

那是為什麼？夏生疑惑地眨了眨眼，柊在他的眼睛上輕輕落下一吻。

「因為我喜歡你。」

「——」

「在誤闖進這裡之前，我就喜歡上你了。我一直希望你能只屬於我……這份心意至今依然沒改變。不對，時隔十五年在濃霧中找到你的時候，反而變得更強烈了，我都懷疑胸口會被燒得焦黑。」

那雙熊熊燃燒的綠色眼眸，讓夏生想起十年前的往事。

……是啊，那天早上把夏生帶出別墅的時候，柊也露出了這種眼神。那他當初說就算會誤闖異界也不想回別墅……不想和夏生分開，就是因為……

「除了你，我誰都不想要，所以我以為自己會孤零零地活著，然後走向死亡——但你來了，為了找到我。」

「……柊……」

「跟我一起在這裡生活吧，夏生，我會保護你。只要你在我身邊，每個地方對我來說都是樂園。」

注視而來的眼神熱切，讓夏生差點就順勢點頭答應，但還是搖搖頭。他會登上日無山不是為了和柊一起在異界生活，是要把柊帶回原本的世界。

「不行，柊，你要跟我一起回到原本的世界。如果你平安生還，叔叔和阿姨一定也會……」

「不會開心吧。那兩人現在應該都有了新家庭，根本顧不上我。我不回去反而對他們比較有利吧？」

「唔……才沒……」

才沒這回事——夏生的反駁還沒說完，柊就帶著苦笑輕點他的唇。

「夏生，你還是一樣不會撒謊……不用說了，我都知道。」

「知道什麼……」

「媽媽背著爸爸偷吃，爸爸也跟女助手搞上了。在我誤闖小田牧村之前，那兩人的夫妻緣分就結束了。事到如今就算我回去，他們肯定只會覺得很麻煩。」

夏生感受到一股椎心之痛……原來柊在八歲的時候，就已經知道這個家就要分崩離析了。

……雖然很不甘心，但柊說得肯定沒錯。

登上日無山之前，夏生曾拜託父母連絡茂彥和珍妮佛。日無山的那片沼澤裡出現了男性浮屍，跟柊一樣都是失蹤人口，這個新聞的版面不小，兩人應該也知道，所以夏生想找他們一起登上日無山，尋找柊的下落。如果柊被找到時能馬上見到父母，一定會很開心。

但兩人不僅立刻拒絕，還再三叮囑夏生別多管閒事。媒體似乎查到柊也是在同一個地方失蹤，一窩蜂地跑去採訪兩人。他們想好好珍惜現在的家庭，所以要夏生別再刺激媒體了。

因此夏生才會獨自進入日無山，成功再度見到了柊……

「直到現在都沒有忘記我，還想見我一面的只有你。我只剩下你了。」

「……可是柊……我不想讓你待在這裡。不能回到原本的世界，跟我一起生活嗎？」

夏生一時之間仍無法接受柊對自己抱持著戀愛情愫的事實。

但他在短期間內就明白，柊住在這裡不會幸福。這裡的文明比原本的世界落後許多，沒有醫院，恐怕連大學之類的教育設施也沒有。只要回到原本的世界，柊就能自由選擇學校或職業。現在這個年紀也不需要依賴父母，可以獨立生活了。

「你以為我過去都沒想過要回到你身邊嗎？」

柊冷冷地睇起那雙緊盯著夏生不放的綠色雙眸。夏生被緊抱著的後背發出輕微的吱嘎聲響。

「我試過好幾次了。哪怕只有一次，我太想見你了，所以試過各式各樣的方法……但是不行。我猜那片沼澤是原本的世界通往小田牧村的單行道。」

「柊……真的嗎？」

「我為什麼要因為這種事撒謊？我能理解你仍無法相信的心情，可一旦漂流至此，你也只能做好心理準備……和我一起在這裡活下去了。」

柊的嘴唇堵上夏生輕顫的唇瓣。

擁著自己的臂膀明明讓他難以喘息，卻又像是在哀求他別走，讓夏生無法推開。

一股香氣乘著風從某處飄了過來。

夏生無意識地動了動鼻子……是味噌湯的味道，還有剛煮好的白飯跟烤魚的香氣。是母親來替自己做飯了嗎？但最近她都在全心照顧大學學測將近的妹妹，只會偶爾打電話來關心自己。

「夏生……夏生。」

有人溫柔地搖搖自己的肩膀，夏生睜開沉重的眼皮。跪坐在榻榻米上看著自己的人不是母親，而是五官深邃的魁梧男性。

視線一對上那雙綠色眼眸，夏生頓時清醒過來。

「……柊……」

「早啊，夏生，起得來嗎？」

柊露出安心的微笑，身上穿著用和服腰帶束起的藍染浴衣。夏生慢吞吞地撐起身子，柊就像在稱讚小孩子一般摸摸他的頭。

「換好衣服就來隔壁房間，早餐做好了。」

柊立刻起身並關上敞開的紙拉門。夏生從放在枕邊的背包中找出短褲和T恤，把身上柊借他當睡衣的浴衣換下來。

……果然不是夢。

真希望先前的種種都是一場夢，醒來後就回到十年前，和柊一起躺在那棟別墅的床上——看來老天爺果然沒聽見這個自私的願望。

「……沒訊號啊……」

確認手機螢幕後，夏生嘆了口氣。

無法掙脫的夏天

——一旦漂流至此，你也只能做好心理準備……和我一起在這裡活下去了。

說出這句震撼的告白後，柊從壁櫥裡拿出夏生的背包。據說柊在濃霧中救下夏生時為了避免村民上前盤問，幫他藏起來了。

所幸背包裡的東西都還在。以防萬一準備的食物、換洗衣物、工具，還有手機也在。

柊說小田牧村是從原本的世界分割出來的異界，夏生不是不相信這番話。

但柊自從八歲誤闖之後，就一直在這裡生活。會不會小田牧村其實並非異界，而是位於日無山某處、與世隔絕的傳統村落，只是村民們都被關在這裡而已？

手機應該能解開這個疑惑。如果這裡是原本世界的某處，打開地圖APP就能鎖定地點才對。

但手機顯示「無訊號」。不管怎麼嘗試，連無線區域網路都接收不到，地圖APP或需要電波的APP當然也幾乎無法使用。

『今天發生了這麼多事，你應該累了吧，早點休息。』

柊溫柔地安慰沮喪的夏生，並為他鋪好床鋪。明明太陽仍高懸於天際，他怎麼可能睡得著。他一邊心想一邊換上浴衣、鑽進被窩，結果不知不覺間睡得很熟。

此外，柊細心為他取下的手錶正指著早上八點……不過，他也無法保證這裡的時間跟原本的世界相同。

「喔喔……」

夏生用手指梳理凌亂的頭髮後走向隔壁房間，就看見令人食指大動的早餐放在使用已久的木製圓桌上。豆腐海帶芽味噌湯、附有蘿蔔泥的高湯煎蛋捲、煮得鬆軟的米飯，還有不知其名但烤得恰到好處的魚。這說不定是夏生搬離老家後，第一次看到如此豐盛的早餐。

「這些該不會是你做的吧？」

夏生讚嘆連連地坐在座墊上後，柊露出苦笑。

「只有我住在這裡，除了我以外，還會有誰啊。」

「呃，我想你身邊可能有人會來幫你……做飯嘛……」

夏生之所以越說越小聲，是因為那雙綠色眼眸泛著危險的光芒。莫名尷尬的感覺讓夏生縮起身子時，柊用指尖抬起夏生的下顎。

「夏生……你應該沒忘吧？」

「什、什麼……？」

「我想要的就只有你……不管對方是男是女，我怎麼可能會讓你以外的人踏進這個家呢？」

「……！」

無法掙脫的夏天

夏生僵硬地點點頭。他當然不可能忘記，但要是說他不小心忘記了，即使是玩笑話，也不知道會有何下場……光是想像就背脊發涼。

「這樣啊……那就好。」

柊立刻抽回纖長的手指，夏生正想安心地鬆口氣，就看見柊舔了舔方才摸過下顎的指尖。從形狀姣好的唇瓣間隱約可見帶著妖豔的舌頭，讓夏生渾身發顫。這時柊說了聲「好了」，拍拍他的肩膀。

「趁熱吃吧，這裡沒有微波爐，要重新加熱很麻煩。」

「啊……嗯，那我開動了。」

夏生雙手合十並拿起筷子，吃著跟外表一樣美味的高湯煎蛋捲，並側眼偷偷瞥向身旁的柊。

雖然盤腿坐著，背脊卻挺得筆直，隔著浴衣也能看出鍛練過的肉體。

夏生的目光被吸引至柊的胯下。現在雖然並無異狀，但昨天那個部位滾燙昂首，抵著夏生。

夏生早早入睡後，柊是怎麼處理那個還未平息的部位的？自慰嗎？和夏生在同一個屋簷下……想著夏生自慰……？

「……澡嗎，夏生……夏生？」

「咦……你、你說什麼？」
柊忽然將臉湊近，嚇得夏生差點弄掉飯碗。柊似乎一直在跟他說話，但他完全沒聽進去。
「我在問你待會兒要不要洗澡……你還好嗎？如果還是很疲憊，吃完飯後要不要再睡一會兒？」
「不、不用了，我沒事。是高湯煎蛋捲太好吃了，我在品味而已。」
夏生實在說不出「我是盯著你的胯下看」，找藉口塘塞過去，柊就拍拍夏生的頭，把自己的高湯煎蛋捲放在夏生的盤子裡。
「你以前就很愛吃嘛。你昨天沒吃晚餐就睡著了，多吃點吧。」
「但是這樣你就沒得吃了。」
「別擔心，我煮飯的時候有吃一點……而且我想看你吃飯的樣子。」
柊臉上帶著懷念又莫名哀傷的微笑，過去他肯定都是一個人孤零零地吃飯。住在和夫家的時候是跟和夫一家人同桌吃飯，但即使感情再好，他們終究不是家人……而是異界的人。
「……好好吃，非常好吃喔。」
夏生連柊分給他的高湯煎蛋捲都吃光，喝下味噌湯。

無法掙脫的夏天

細心熬出高湯的味噌湯，比自己偶爾煮的好喝好幾倍。味噌應該也是高級貨，還是夏生喜歡的紅味噌。

「看你吃得這麼開心，就不枉費我做這頓飯了。」

夏生直呼美味大快朵頤時，柊笑著來到廚房，又幫他盛了一碗味噌湯和白飯。

這時夏生往廚房一瞥，廚房裡有瓦斯爐和電飯鍋，嵌入式的櫥櫃中還有一臺相當大的電器，從外觀來看應該是電熱壺。可是用餐的和室中，沒有原本的世界幾乎家家戶戶都有的電視。

……這是什麼基準？

柊說這個世界的文明比原本的世界落後六七十年，那時候應該已經有電視了，難道只是柊家裡沒有嗎？

而且家電能運作，就代表這個世界也有電力。聚落裡雖然有木製電線桿，也牽著電線，但是怎麼發電的呢？這個村子連便利商店都沒有，卻有發電廠嗎……？

「嗯……」

「怎麼了？」

走回來的柊將盛滿白飯的飯碗和湯碗放在桌上。夏生心懷感激地接過碗並提出疑問，得到太過出乎意料的回答。

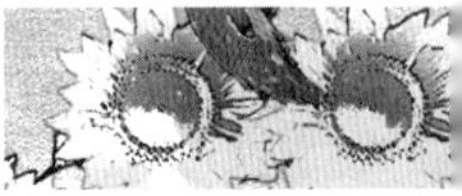

「電力是苧環大人供給的。」

「……啊？苧環大人？」

「不只是電力，舉凡衣服、日常工具等生活必需品、農具到房屋建材，只要是小田牧村無法製造的物品，都會由苧環大人恩賜供給。」

夏生記得，之前說苧環大人是掌管不變的神明，但居然會供給電力和生活必需品，到底是什麼樣的神啊？說到底，夏生也搞不懂「不變」是什麼意思。

他想起那個喀啦喀啦轉動的苧環。不管怎麼轉都不會消失的絲線，反覆纏捲的纏線器……

「苧環大人會發電、製作服裝和工具，到處發給村民嗎？」

腦海中頓時浮現像聖誕老人那樣揹著大袋子的神明。

柊似乎明白了夏生在想什麼，輕笑出聲，將杯中的茶一飲而盡。

「不是不是，苧環大人是無形的神……不對，或許該這麼形容吧，這座村子本身就是苧環大人。」

「……什麼意思？我完全聽不懂。」

「我想也是，這是個好機會，我帶你去參觀村子，順便解釋吧。親眼見識到，你應該也比較能理解。」

無法掙脫的夏天

吃完早餐後，洗好澡、清爽許多的夏生在柊的催促下直接外出。

祖母綠墜鍊在T恤底下晃啊晃的。夏生在洗澡前想到這條墜鍊是跟柊借來的，便鞠躬道歉想還給他，柊卻不肯收下。

『暫時借你吧，現在比較需要護身符的是你。』

『但這是你重要的……』

『我已經不需要護身符了……因為你來了啊。』

柊輕聲低語，讓夏生想起昨天握住他的手心熱度，夏生抬起頭看向走在身旁的柊。本來只想偷偷看一眼，沒想到和看向他的柊四目相對，夏生慌張地別開臉。

……怎麼會變成這樣呢……

他跟柊交情深厚，共度的時光比妹妹還要長，一起洗澡、睡同一張床的次數更是數也數不清，早就習慣柊在自己身旁了。事到如今，怎麼會一對上眼就臉紅呢？

「——柊哥！」

走過民宅林立的區域、走上田埂路時，從對向出現的悅子輕巧地跑了過來。她穿著開襟襯衫和深藍百褶裙，跟昨天不一樣，應該是學校制服吧。

隔了幾步追上來的和夫在姊姊身後做出雙手合十的動作，似乎在說「抱歉，我攔不住她」。

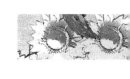

「柊哥，早安。你吃過早餐了嗎？還沒吃的話，要不要來我們家一趟？」

看到那副只對柊展現的燦爛笑容，夏生感到毛骨悚然。昨天她才親眼目睹到柊和夏生接吻，還用射殺般的眼神瞪著夏生，此刻卻能表現得若無其事，神經大條到令人害怕。

「早安，悅子，我已經吃過早餐了。妳待會兒要去上課吧？不快點去會遲到喔。」

「上什麼課啊，我這個年紀都可以隨時休學了。只要柊哥點頭答應，我可以馬上休學。」

「我不是說過好幾次不行了嗎？」

「為什麼？這個村子裡應該沒有人比我更適合柊哥了……是因為這個新來的人嗎？」

她那雙燃著妒火的視線貫穿夏生。

夏生忍不住躲到柊身後，悅子氣得豎起眉。在她把手舉起來前，和夫手忙腳亂地衝進兩人之間。

「姊，暫停暫停！妳今天是值日生吧，遲到的話會被京子老師罵喔。」

「和夫，你……」

「而且柊哥是代理村長，要負責照顧新來的漂流者。要是妨礙他，就算是姊姊也不會得到村長的原諒吧？」

悅子的臉頰微微顫了幾下。似乎連悅子都很怕村長，是因為那個詭異的打扮嗎？

「……今天我先告辭了，柊哥，我絕對不會放棄你。」

「等等，悅子。」

柊叫住準備離開的悅子，聲音低沉到連夏生都打了一個冷顫。

「我先說清楚……這位夏生是比我的性命還重要的存在。」

「……柊、哥？」

「要是敢對他出手，就算是妳我也絕不輕饒——聽見沒有？」

「怎……怎麼這樣……騙人的吧？說你是在騙我的，柊哥！」

悅子美麗的臉蛋悲痛地扭曲起來，即使她苦苦哀求，柊也不發一語。被柊嚴正警告後，悅子狠狠瞪了夏生一眼，快步跑上從田地旁邊延伸而上的緩坡。

「抱歉，夏哥，之後我會跟爸爸告狀，請他好好罵姊一頓的！」

和夫「啪」的一聲合掌道歉，也立刻追在悅子身後。夏生愣在原地，而柊憐憫地握住他的手。

「對不起，夏生，讓你受委屈了。」

「……不……那個……這樣好嗎？她還只是國中生，就對她說得這麼狠……」

「勸你別把悅子跟原本世界的國中生相提並論……她好歹是個女人。」

就算柊這麼說，在夏生眼裡的悅子也是十五歲的小女孩。雖然因為深愛著柊，很容易失控，但比妹妹還小的少女有什麼能耐呢？

再怎麼說，夏生也是男人，縱使悅子有什麼壞主意，應該也奈何不了自己吧。

「你太天真了。」

柊「唉」地嘆了口氣。

「想娶悅子的男人有一大堆，要是悅子拜託那些男人對你下手，他們一定很樂意完成悅子的要求。」

「咦……太扯了吧，那就像連續劇裡才會出現的事……」

「她就是做得出來。」

小田牧村本來就很珍視年輕女性，悅子還擁有驚人的美貌。她被父母當成溫室花朵呵護著長大，就算言行舉止有些囂張也從不責罵，周遭的人也都對她百般寵溺。結果導致她長成了看某個人不順眼，就會慫恿喜歡自己的男人去刁難對方的少女。

「畢竟在這裡為非作歹也沒有兒少機構、警察和刑法約束，所以無法遏止，如果旁人都妥協的話，一切就會就此結束。和夫雖然說會請爸爸訓她，但應該沒什麼用，畢竟最疼愛悅子的就是父親。」

「……但她好像很怕村長。」

「如果作惡多端，就算是寶貴的年輕女性也會受到法律制裁。雖說是制裁，卻也不如原本的世界公平公正。這裡是村長兼任法官和檢察官，沒有律師，所以實際上是由村長獨斷制裁。」

雖然當事人的親屬或關係人姑且會被傳喚至審判現場，但村長並無義務傾聽他們的說詞。就算客觀來看被告明顯無罪，只要村長宣判有罪，那個人就會被斷罪成罪犯。

「好可怕……都沒有人抗議過嗎？」

「沒有……不對，是不能說。村長是苧環大人的祭司，換句話說，村長的判斷就是苧環大人的判斷。一旦忤逆神意，就無法在這個村子生存下去，就算有不滿也只能往肚子裡吞。」

吹過田地的潮溼熱風，黏在汗水淋漓的肌膚上。

「神、意……？什麼啊，所以要是反對村長說的話，苧環大人就會降下天譴嗎？」

「嗯，你看就知道了……走吧。」

柊牽著夏生的手一拉，夏生邁開步伐。

今天村民們也在田裡努力耕作，但不會像昨天一樣沒禮貌地盯著人看了。是因為昨天跟村長會面後，夏生不再是外地飄流者，被認可為這個村子的一份子了嗎？

……換句話說，如果我闖禍，也會被村長制裁吧。

雙眼和嘴巴都被縫起的詭異面具、被牢牢捆住的祭壇。一想到裝飾在祭壇上的紫色花卉，夏生就寒毛直豎。

「……夏生，你怎麼了？」

或許是感受到夏生的顫抖，柊與他十指緊扣，夏生則搖搖頭不想讓他擔心。

「啊，沒有，因為爺爺奶奶都對你合掌膜拜，讓我有點疑惑。」

「因為我是代理村長吧，老年人特別虔誠。」

「對喔，剛剛和夫也這樣說過。但代理是指……？」

「村長年事已高，但妻子早逝又後繼無人，最近腰腿也不方便。所以我才代司其職，接下巡視村里這些瑣碎的事務工作。」

難道柊會變成下一任村長？不經意想像到柊戴上那副面具的模樣，夏生就渾身發抖，柊則輕聲笑道：

「別擔心，我只是代理而已。下任村長應該會找村長的遠房親戚擔任吧。」

「那請那位遠房親戚當代理就好啦。」

「村長不喜歡跟人打交道，比起鮮少來訪的遠房親戚，我更方便使喚吧。而且他是我的監護人，我偶爾會被叫到村長家。」

明明是村長卻不喜歡交際，這樣好嗎？夏生本想吐槽，但社交能力強的村長也有點難以想像。

——夏生再次感受到柊的優秀。畢竟夏生連跟那位村長好好談話的自信都沒有，柊卻跟村長建立了足以擔任職務代理的信賴關係……但這也是因為柊小時候就誤闖進這座村子吧……

夏生被柊拉著走，一路上聽了許多關於村子的消息。

村裡有一間小型學校，供六歲到十五歲的孩子學習，柊以前也去過。校內沒有區分小學和國中，是由村民擔任教師，配合各個學生的學力教導讀寫和算數。

沒有相當於原本世界的高中和大學的設施。絕大多數的男性村民都會從事農業，女性村民最晚十六歲也要結婚步入家庭，所以高等教育毫無用武之地。悅子與和夫這對姊弟也在上學，但總有一天也會走上一樣的路。小田牧村裡沒有人像夏生一樣，十八歲了還在唸書。

……我是不是也該下田幫忙？

夏生急忙將隱約浮現的焦慮吞回心裡，他還沒放棄跟柊一起回到原本的世界。柊說他試了各式各樣的方法，但夏生或許能想到其他方法。

一定要把柊帶回原本的世界，就算柊本身毫無意願也一樣。因為柊……柊會闖進這異常的世界，都是夏生的錯……

「跟我來，夏生。」

不久後兩人抵達村長家，柊沒有走進屋內，而是帶著夏生走向宅邸外圍的庭院。不對，除了那條泥土裸露的羊腸小徑之外，周遭根本沒什麼維護，應該稱作森林吧。連夏日豔陽都無法穿透的樹林，讓人聯想到日無山。

「……欸，你要去哪裡？」

走了大約五分鐘後，夏生向走在斜前方的柊問道。這個世界雖然也時值盛夏，氣溫卻比原本的世界涼爽，熱了也只要躲在陰影處就能撐過去。

這麼說來，柊家裡明明只有電風扇，昨晚夏生卻睡得很熟。在這個季節，都內公寓如果不開冷氣，就會熱到睡不著覺。

「後方的恩賜沼澤。」

「恩賜沼澤……？」

「你看了就知道。」

走進森林後，柊的話明顯變少了。成長到跟十年前無可比擬的厚實背影，散發出方才沒有的緊張感。

看到就知道了，剛剛柊也是這麼說的。只要看了就知道忤逆苧環大人的神意是什麼意思。

無奈地往前邁進的腳尖踢到某種硬物，夏生低頭一看，嚇得喉嚨輕顫，因為白色霧

無法掙脫的夏天

靄正緩緩逼近自己踩著小石子的腳。

「柊……！」

夏生開口呼喊的背影也隱約被白霧包圍，四周全被霧靄籠罩。夏生看過這被染成乳白色的景象，十年前也是如此，柊就是像這樣被捲進濃霧……

「……到了。」

柊回過頭來，夏生瞬間從他臉上看見十年前的模樣，讓夏生倒抽一口氣，忍不住想奔向柊身邊。

——黑暗在柊的身後不停蠢動，宛如巨大生物般翻滾、震動，好像要生出什麼似的。

……跟十年前、一樣……！

「……不要走、柊……！」

夏生撲上去緊緊抱著柊，那個滿是肌肉的背影卻文風不動。柊像在安慰夏生般，撫摸夏生緊圈在腰間的手。他為什麼能這麼冷靜？明明柊在夏生眼前消失時，日無山那片沼澤也同樣被染成一片漆黑。

「時間剛剛好。」

夏生還來不及問這句話的意思，柊就指向黑暗中心。夏生在柊的身後戰戰兢兢地探頭看去，發現漆黑的水面冒著泡泡。

……啵！

有個東西隨著噴濺的水花聲被吐了出來。乘著漣漪，被打到岸邊的東西是——

「飯、碗……？」

好幾個復古菊花圖案的飯碗疊在一起，滾落在地，而且跟柊家用的款式很像。

夏生疑惑地心想「怎麼會冒出這種東西？」時，冒泡的幽暗接連吐出物品。從幾副筷子、餐盤、茶杯、牙刷和牙膏，還有內衣褲和衣服、肉類及罐頭等食物，甚至還有香菸跟少量家電製品，全都是人類生活中不可或缺的物品。

「啊……」

又有一盒咖哩塊被打到岸邊，夏生忍不住探出身子。具有特色的鮮豔紅橘色盒子，和老家常用的品牌一樣，連畫在角落的貓咪吉祥物也十分相似。

……不對，與其說相似……是一模一樣？

仔細一看，其他物品也有熟悉的設計。管狀牙膏是原本的世界有名的品牌，香菸看起來也是……爸爸偶爾會抽的牌子，但有點不對勁。

或許是發現夏生盯著看，柊伸出修長的手臂，撿起那個香菸盒給他。

接過香菸盒後，夏生仔細觀察小小的盒子，發現是哪裡不對勁了。爸爸的香菸盒右上角有一個Q版的王冠圖案，但手上的這個是新月圖案，除此之外連品牌和顏色都一樣，感

覺更奇妙了。

……啵啵……啵啵……

吐完巨大水泡後，那片黑暗一震。

黑暗隨著擴散的漣漪逐漸改變，從讓人避之唯恐不及的漆黑變成帶著綠色調的藍色水面。出現在眼前的是有點混濁，卻水量豐沛的沼澤，再也感受不到方才那令人毛骨悚然的氣氛。

相對的，對岸升起了一股如高牆一般聳立的濃霧，約有兩層樓那麼高，在可見範圍內一直延伸而去。

「……這就是苧環大人的恩賜。」

黑暗吐出的物資在岸邊堆積成山，柊伸手撈起給夏生看。以神明的恩賜而言略顯庸俗的那些物資，雖然是從沼澤冒出來的，但摸了才發現完全沒溼。

「只要將各家缺乏的物資寫在紙上、沉進沼澤，每天苧環大人就會像這樣給予恩賜。將這些恩賜公平地分配給村民，也是村長的工作。」

「……什麼啊，明明是神明，卻像網路超市一樣……」

夏生發出「哈哈」的乾笑聲，背脊卻不由自主地發顫……因為他不經意地明白，柊為何會斷言「忤逆神意之人無法存活」了。

這些堆積成山的物資都是這個沒有工廠的村子無法製造的物品，但一旦缺少，就無法正常生活。既然無法從外地輸入物資，就只能遵從苧環大人的恩賜……也就是神意。

因此身為掌權者，村長可以掌管一切。雖說會公平分配，但村長也是人，不可能毫無私心。也有可能把好東西盡量分給喜歡的村民，其他人分少一點，不喜歡的村民一個也分不到。

所以村民才不得不服從作為苧環大人祭司的村長，對苧環大人的信仰也越來越虔誠。

難怪悅子會就此作罷。一旦惹怒柊這位代理村長，不只是自己，還會牽連到全家人，一起飢餓受凍。這種手段以神明來說有些卑鄙……但效果奇佳。

「……但目的是什麼？」

夏生開口問道。

「苧環大人為什麼要為村民做這些事？」

雖然不知道原理，但每天都要提供如此大量的物資，就算是神明也得煞費苦心吧，而且村民明明沒有付出任何代價。難道只是想得到村民的敬畏和信仰嗎？

柊緩緩將雙手抱在胸前，明明沒有風，他的浴衣袖口卻飄揚起來。

「為了，維持不變。」

「不變……？」

夏生的胸口躁亂起來。之前柊應該說過這種話。

——這個世界就是苧環大人本身，祂是掌管不變之神。

「苧環大人應該是想讓這個村子……讓自己保持現在的狀態，不衰退也不發展吧。所以為了不讓構成村子的人們進化，提供必要之物。」

「唔……這……」

好恐怖。

正是為了尋求更便利舒適的生活，人類才使文明發展。但若一開始就獲得滿足，不知道其他生活方式的話，就不會想為了進一步發展而努力吧。

所以這個村子的文明一直維持在比原本世界落後數十年的程度。之所以沒車輛或曳引機，是因為苧環大人認為這些東西無利於保持這種落後的文明吧。在這裡土生土長的村民們，肯定連車輛的存在都一無所知。

「那這些物資也是苧環大人製造的嗎？」

「村民是這樣相信的……但我覺得不是。」

柊鬆開手臂，撿起小小的牛奶糖盒。在焦糖色上用白色文字標示品名的包裝，是知名廠牌的長銷商品，只要是原本世界的人應該都吃過。柊誤闖這座村子前也吃過才對。

「這應該是被稱為苧環大人的存在，從我們原本的世界調過來的。」

「……你為什麼這麼認為？搞不好是苧環大人完全抄襲原本世界的物品製造的吧？」

「因為這樣想比較合理啊……我跟你都是從原本的世界漂流到這片沼澤，既然能招來活生生的人，網羅無生命體應該很簡單吧？」

「唔……那、這裡就是……？」

見到夏生瞠目結舌，柊點點頭。

「沒錯，我當初是漂流到這片沼澤，被村長撿到的。然後昨天你也出現在這裡，正好就在我代替村長來接受恩賜的時候。」

在原本的世界可能會變成觀光景點的藍色沼澤，就像個深不見底的無底洞，讓夏生下意識地倒退幾步。

……所以日無山真的是通往異界的入口？我跟柊通過同一個入口，闖進另一個世界了？

再也回不去了嗎？只能在這裡生活了嗎？夏生搖搖頭，趕跑就快浮現在腦海的絕望，柊則用有些憐憫的語氣問道：

「你還不相信嗎？這裡不是你出生長大的世界……而是再也無法掙脫的異界。」

「……我當然……沒辦法相信啊。因為……」

一旦承認這裡是異界，就必須放棄這十年來抱持的心願……把柊帶回原本的世界了。

柊明明還活著，和夏生重逢後明明欣喜若狂……！

「……跟我來。」

柊一把拉著夏生的手臂往前走，途中有好幾次夏生都覺得自己要跌倒了，兩人繞過那片沼澤後，來到聳立在深處的那片濃霧高牆前。如熱浪般搖曳的濃霧另一側，是剛才他們走過的那片森林。

「你走過去看看。」

「咦……」

「你試了就知道我為什麼會說沒辦法離開這座村子了。」

柊將他往前推。

知道什麼啊，走過去也只會走到另一側的森林吧。夏生疑惑地乖乖照做後，嚇得愣在原地。因為出現在眼前的不是森林，而是面無表情地等著自己的柊，他身後有一片平靜無波的沼澤。

「……為……為什麼？」

夏生不停眨眼睛，轉身再度走過濃霧之牆。這次他一鼓作氣往前衝，下一次是緩緩走過，第三次則是用跑的。

……但結果都一樣。不管試多少次，都無法穿到另一側隱約可見的森林，會回到柊等待著的這一側。

——不變。

這兩個字的意義緩緩在腦袋裡發散。

「這樣你懂了吧？」

當夏生嘗試好幾次，氣喘吁吁時，默默在一旁看著的柊終於開口了。

「這片濃霧籠罩了整座村子。或許外面還存在著另一個世界，但只要有這片霧牆，我們就無法離開小田牧村。」

「……怎……怎麼會……」

看到依舊不肯死心的夏生緩緩搖頭，柊沒有動怒，或許他也經歷過同樣的事。

柊拉著夏生的手在村子裡到處走動。這座村子不大，走到某個地方一定會出現那片霧牆，穿過去也會回到原處。

對這現象感到震驚的只有夏生一個人，包含年幼的孩子在內，所有村民都理所當然地接受了霧牆的存在，偶爾甚至會碰見對霧牆膜拜的老年人。對他們來說霧牆應該不是可怕的東西，是苧環大人庇護的象徵。

「……你還好嗎？」

柊帶著精疲力盡的夏生來到村長家，因為這裡比柊家更近一些。

夏生本來不想來，怕自己在這時候碰見那位村長，會大幅消耗精神，但聽說村長平常都在裡面的寢室休息，鮮少現身，他就安心了。或許昨天是為了和漂流者見面這個重要的儀式，勉強自己現身的。

「嗯……還好。」

坐在寬敞的起居室喝下冰涼的麥茶後，稍稍緩解了疲勞。

夏生目不轉睛地看著畫有橘色花朵的玻璃杯，這一定也是從恩賜沼澤漂過來的吧，柊家的部分家電和早餐食材中，應該也有苧環大人的恩賜。

……原來我早就被苧環大人掌控了嗎？

他再也不得不承認……這裡是異界。一旦誤闖就無法掙脫，會永遠重複同樣生活的不變世界。

「……苧環大人為什麼想打造出這種世界？同樣的事物一再反覆也沒有意義啊。」

聽了夏生的低語，柊聳聳肩。

「天曉得，我也想過好幾次，卻還是找不出答案……或許就是因為人類的思維無法理解，才會被稱為神明吧。」

「……」

夏生無力滑到腿上的手，碰到一個硬物。這麼說來，剛剛被柊拉著走時，他順勢將

無法掙脫的夏天

拿在手上的香菸盒放進口袋了。
夏生不經意地拿出香菸盒、放在桌上後，柊懷念地瞇起雙眼。
「是叔叔以前抽的牌子呢。」
「不，感覺不太一樣……」
柊當時還小，所以記不太清楚吧。夏生指了指盒子上的新月圖案，長大後的兒時玩伴才「啊啊」地點點頭。
「那應該是從離我們相近的世界調過來的吧。」
「……相近的、世界？除了原本的世界和這裡之外，還有其他世界嗎？」
如果還有其他異界誰接受得了？夏生忍不住繃緊身子。
除了原本的世界之外，還存在著小田牧村，這座被苧環大人支配的村子，明明光是要接受這個事實就很難了。
「當然有啊。」
柊若無其事地斷言道，將放在房間角落的棋盤和棋罐拉到夏生面前。雖然很難想像，但村長似乎喜歡下圍棋。這種娛樂用品應該也是苧環大人的恩賜吧。
「正確來說是平行世界，也被稱作多重宇宙，你沒聽過嗎？」
「……好像在漫畫裡看過……」

那是在第一輪人生中意外身亡的主角用神祕力量回到意外發生前，採取行動，讓自己避開意外繼續活下去的故事。他記得書裡有解釋到，避開意外、走向美好結局的世界，是意外身亡的最初世界的平行世界。

「沒錯，但即使主角避開意外、得以續命，他意外身亡的第一輪世界不會因此消失。第一輪世界仍維持不變，跟第二輪世界並行繼續發展。」

柊從棋罐裡拿出一顆黑棋，「啪」地放在棋盤中心。

「這裡是起點，就是主角發生意外之前。接著主角在意外中身亡後，用某種力量回到起點，避開意外。如此一來，世界在這個時間點就會分歧成兩種模式。」

柊將兩顆黑棋放在起點斜右上方，又放了一顆白棋在起點的斜右下方。

「兩顆黑棋的世界就是主角死亡的世界。換句話說，主角這個存在消失後，影響會持續擴大。另一方面，一顆白棋的世界是主角在意外中倖存的世界。這兩個世界往後將互不干涉，作為兩個世界續存……這就是平行世界的簡單思維。到目前為止能聽懂嗎？」

「……還、還可以。」

「這樣啊，那就繼續。」

柊取出三顆黑棋，放在兩顆黑棋的斜右上方。從起點開始數的話，斜右上方的線排列著一顆、兩顆、三顆黑棋。

無法掙脫的夏天

「假設在兩顆黑棋的世界裡，有個長大後會被稱為『妙手神醫』之稱的人物……X存在。X也會在年輕時死於意外，但只要主角活下來，就會剛好在意外發生的那一刻救他一命，這時能救他的當然只有主角。那麼，在兩顆黑棋的世界中，X會發生什麼事？」

「發生什麼事……因為能救他的主角已經死了，所以他會在意外中喪生吧？」

「對，就是這樣。換句話說，接下來三顆黑棋的世界，就會變成被主角和X的死影響的世界。你能想像三顆黑棋的世界會走向什麼未來嗎？」

夏生緊盯著棋盤沉思。在三顆黑棋的世界裡，因為主角死了，本該成為偉大神醫的X也死了，所以之後……

「……原本能被妙手神醫X救活的患者，會無法得救……？」

柊面帶微笑地說「沒錯」，又將四顆黑棋放在三顆黑棋的斜右上方。

「那接下來四顆黑棋的世界，就是被主角、X和沒被X救活的患者們的死亡影響的世界。儘管不如X那麼強烈，但這些患者的生死也具有左右世界情勢的影響力，所以下一個五顆黑棋的世界會受到更大的影響。」

感覺抓到要領了。

夏生點點頭，並將兩顆白棋放在一顆白棋的斜右下方。

「……反之，在主角倖存的一顆白棋世界中，X得救了，在下一個兩顆白棋的世界裡，有許多患者被X救活。再下一個三顆白棋的世界裡，主角、X和被救活的患者都活下來後，帶來某種程度的影響。」

「也有其他可能性喔。」

柊各拿一顆白棋和黑棋，放在一顆白棋的斜右上方，變成以一顆白棋為起點，分歧成兩顆白棋和白黑各一的狀態。

「這是主角在意外中倖存，卻沒救活X的情況。這個白黑各一的世界線，會受到主角倖存和X死亡的影響，繼續發展。」

「……啊，那主角和X都倖存的兩顆白棋世界，也不會只發展成三顆白棋世界吧。可能也會發生X沒救活患者，主角和X存活，患者卻死亡的情況。」

夏生拍了下手，並將兩顆白棋和一顆黑棋放在兩顆白棋旁邊。

為了保險起見，他數了一下，現階段就存在九個平行世界。每個世界又會因為條件細微地發生分歧，所以用無限增生來形容也不為過。

「假如我們的世界也一樣，只是無限分歧的其中一個世界，就能解釋這個香菸盒的差異了。當然，香菸盒是香菸公司委託的設計師設計的，我們那個世界的設計是王冠圖案，但在另一個平行世界的設計是新月圖案，這是因為……」

「……因為平行世界的設計師，跟原本世界的設計師活在不一樣的世界線……」

夏生如此接續柊的解釋後，柊摸摸他的頭，彷彿在說「答對了」。

「就算同為人類，感性也會因為生長環境而產生不同。這個香菸應該是苧環大人從離我們相對接近的分歧世界調過來的吧。」

「不只從原本的世界，也會從鄰近世界到處調配物資嗎……為什麼？只靠一個世界不行嗎？」

「如果老是從同一個地方調配可以維持一個村莊的物資，那個世界的人難保不會起疑吧？」

「……神明應該不必在乎這種事吧。」

這位神明在這種奇怪的地方與人類很相似。夏生越想越搞不懂，彷彿雙腳陷入泥濘，苦苦掙扎……

「別擔心。」

柊將棋盤移到一旁，跪坐到夏生面前，那雙帶著熱意的綠色眼眸中，映出了夏生膽怯的面容。

「你身邊有我。這個世界的生活雖然稱不上舒適，但我會賭上一切保護你，盡量讓你活得自在一些。」

「……柊……」

「所以留在我身邊吧……我只剩下你了……」

那雙臂膀緊緊抱上來，壓到身上，夏生沒有拒絕，也知道柊不是希望他作為兒時玩伴待在身邊。

……因為讓柊在這個世界孤苦無依的罪魁禍首是我，而且……

夏生乖乖被柊抱在懷裡，而柊將高挺的鼻尖埋在夏生的頸窩。用溫熱的手掌不斷撫摸夏生的背，像在確認他的存在。

……柊的臂彎感覺好舒服，能讓我心安……

如果柊只有夏生，那夏生也只有柊了。

因為和夏生在同一個世界度過同一段時光的人，在這個世界只有柊而已。

「——柊先生、柊先生。」

夏生依偎在柊的厚實胸膛，感到昏沉想睡的時候，有人在紙拉門後方喊道。柊將想離開懷抱的夏生攬在懷裡，撐起上半身。

「我在這，請進。」

「打擾了。」

輕輕打開紙拉門走進來的人，是位看起來一絲不苟的壯年男性。在走廊上等候的少年跟男性長得很像，應該是他兒子。少年直盯著兩人，一跟夏生對上視線就立刻別開臉。

「柊、柊……！」

看到代理村長和新來的漂流者兩個男人抱在一起，當然會驚訝吧。夏生急忙想推開柊的胸膛，柊卻只是輕撫他的背，表示無須在意。柊加重擁抱的力道後，夏生實在無法掙脫。

「粕谷先生，你辛苦了。今天有什麼事嗎？」

「非常抱歉，柊先生。算算時間，差不多該收到恩賜了，方才我來叨擾過，但沒人在家。」

或許是男性——粕谷的人生閱歷比較多，他瞥了夏生幾眼但並未多談，微微低下頭。夏生的臉頰頓時繃緊。粕谷會跟柊擦身而過，是因為夏生帶著柊在村子裡到處跑。

「那個，對不起……！因為他剛剛、呃、在帶我參觀村子……」

夏生勉強在柊的懷裡低頭道歉，粕谷就揮揮曬得黝黑的手說「不不不」。

「別這麼說！柊先生是代理村長，照顧新來的漂流者是天經地義的事情啊。對吧，阿清？」

「……是啊，老爸。」

冷漠點頭的少年果然是粕谷的兒子。他的容貌還殘留幾分稚嫩，在原本的世界應該是高中生，但這個年紀在小田牧村早就畢業，下田幹活了，穿著卡其連身工作服的那副身軀遠比夏生還健壯。

「……真是的，你這小子真是不討人喜歡，澤田家的女兒就是因為這樣才不想理你啊。」

對兒子狠狠罵了一頓後，粕谷搔搔頭，對夏生露出微笑。

「請你別放在心上。多虧於此，我才能像這樣見到傳說中的人物，我反而心懷感激呢。」

「……我變成傳說了嗎？」

「年輕的漂流者就很少見了，居然還是柊先生的朋友，那當然會變成傳說啊……櫛原先生，你考慮一下，我身邊有個沒人要的姪女。雖然長得遠遠不及澤田家的女兒，但個性溫柔，工作又勤奮，要不要跟她見個面……」

「……粕谷先生。」

柊輕輕放開夏生並端正坐姿，原本油腔滑調地說個不停的粕谷忽然閉上嘴。

「什、什麼事，柊先生？」

「感謝你的好意，但夏生剛漂流到這裡沒多久，光是要熟悉村子就很不容易了，能不能暫時先在一旁溫暖地守護他就好？」

「……可是……」

粕谷本想回頭看向身後的兒子，但被柊瞇細的綠色雙眸瞪了一眼。

「請默默守護他——好嗎？」

「好、好好，沒問題！……喂，阿清，回去了！」

粕谷跳了起來，抓著目瞪口呆的兒子後領，像火燒屁股般衝出房間。夏生心想「不是要來拿恩賜物資的嗎？」，但來不及阻止，而阿清大聲喊著「為什麼啊，爸！」的聲音越來越遠。

「喂，柊……你那樣說沒關係嗎？」

忽然被介紹女性確實讓夏生很驚訝，但也不必把對方嚇成這樣吧。

就算是代理村長，柊也遠比粕谷年輕。要是讓粕谷這位土生土長的村民留下不好的印象，或許會影響到代理村長的工作，柊卻厭煩地皺起眉頭。

「要是不說得那麼絕，你明天就要有老婆了。」

「……啊？有老婆……」

「你只要表現出一點點興趣，粕谷先生就會馬上把對方帶過來，畢竟那個人把說媒當成自己的生存目標。在這個村子裡，如果有人介紹對象，見完面就等於結婚了。」

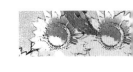

「什……什麼……」

「粕谷先生的姪女，大概是順子小姐吧……那個人最近才和丈夫生離死別，帶著小孩回到娘家，我記得她應該大你十歲。」

小田牧村的女性不能放棄再婚、成為單親母親，必須盡快找下一任丈夫，孩子能生幾個是幾個。因為這裡沒有專業的醫師和醫院，嬰幼兒的死亡率遠高於原本的世界吧。

「也不必因為這樣就選我啊……」

「雖然再婚很正常，但男人終究會先從年輕單身女性開始挑選。依順子小姐的條件，極有可能是同樣有孩子的鰥夫，或是比她大好幾輪的對象。他大概是覺得與其在再婚的夫家吃苦，還不如選你這種毫無問題，還跟我有交情的人……」

看來自己在不知不覺間成了小田牧村婚姻市場的搶手貨，但夏生一點也不開心。

——噹、噹噹……

夏生揉著開始發疼的頭，這時牆上的鐘擺掛鐘發出了沉悶的聲響。這個掛鐘相當古老，在原本的世界可能會放在博物館展示。說到古老，這間房子也是，但這麼雄偉氣派的房子是怎麼蓋的呢?就算建材是苧環大人的恩賜，村裡也沒有專業木工，無法想像是村民們從頭蓋出來的。難不成……

……這間房子是原本就有的嗎？不，可是……

無法掙脫的夏天

這座村子是靠苧環大人，維持著同樣的狀態，完全看不出這個不變且無盡的世界「起點」。說穿了，這種東西真的存在嗎？

「……已經這麼晚了啊。夏生，不好意思，你在這裡等我一下。」

「啊……！」

柊起身準備離開時，夏生立刻抓住他的浴衣衣襬。

「怎麼了？」

柊瞪大雙眼回過頭，夏生卻說不出話，因為連他自己也不曉得原因，只是覺得柊離開自己身邊會非常不安……而且寂寞。

「過來吧，夏生，跟我一起去。」

柊輕聲微笑後伸出手。夏生戰戰兢兢地將自己的手放上去後，柊溫柔地握住他，使勁把他拉起來。

「……可以嗎？」

「我本來就打算有一天要帶你去，現在正好。」

夏生就這麼被柊牽著手，帶到宅邸的後院。不同於恩賜沼澤周邊，這裡看得出來有經過細心打理。小田牧村也有類似園藝師的職業嗎？

高聳的紫薇花樹下，有個用花崗岩圍起來的小花壇，裡頭種著形似釣鐘的紫色花朵。

夏生曾經見過這種可愛卻莫名讓人心生忐忑的花朵。

「我在村長房間裡的祭壇上看過這個……」

「這叫『神花』。據說在小田牧村建立之初，苧環大人把這種花送給第一任村長。」

這種花只有村長能栽種，也是村長家的家紋，所以才會擺放在祭壇上吧。

夏生正想伸手觸摸隨風搖曳的花朵，柊就厲聲警告。

「千萬不能徒手碰它，因為神花有毒。」

「有、有毒？」

「莖葉的汁液含有毒性，只是沾到皮膚的話，頂多會發炎，但要是不小心吃進嘴裡，會導致胃腸潰爛，量多的話還會引發心臟麻痺猝死。」

「為什麼要特地栽種這麼危險的東西啊……！」

夏生忍不住抽回手抗議後，柊一臉苦笑地拿起花壇旁邊的澆水壺，從附近的水龍頭接水後均勻地灑在神花上。

「因為有用途啊。這是苧環大人的賞賜，也是村民的信仰，讓神花持續盛放，永不間斷也是村長的工作。村長現在狀態不好，所以才由我代為管理。」

神花似乎一年四季都會盛開，在寒冬中也會開花。栽種時也不需要特殊的知識，只要像這樣每天在固定時間澆水即可。但不可思議的是，這種花只會在這個村長家的庭院生根，就算偷走、栽種在別處也會腐爛。

「但應該沒有不怕死的人敢來偷神花啦。」

「那當然啊……一不小心就可能死於心臟麻痺……啊啊！」

被趕到腦海深處的記憶忽然閃現，夏生瞪大雙眼。

……對了，為什麼之前沒想起來呢？那個漂浮在日無山的沼澤，十三年前失蹤的男性浮屍。讓夏生睽違十年再訪日無山的那名男性，死因也是心臟衰竭吧……！

「夏生，怎麼……」

「你看這個，柊！」

夏生拿出放在口袋裡的手機進行操作，拿給一臉狐疑的柊看。螢幕上顯示的是變成遺體後被發現的那名男性生前的照片。為了保險起見，夏生當時將網路新聞截圖存下來了。

柊果然倒抽了一口氣。

「……這個人是……吉川先生……」

「你認識他嗎！」

「他跟我一樣是漂流者，跟村裡的女性結婚，還生了孩子，他比我早好幾年來……當時的漂流者只有吉川先生，所以他對我非常親切。但他大概在三個月前失蹤，家人都很擔心他……」

小田牧村不像原本的世界，沒有能夠輕易藏身消失的地方。會在這座村子裡失蹤，不是進山打獵或採摘山菜時被野獸襲擊、釣魚時被河水沖走，就是從懸崖墜落……總之，只有碰到生命危險時才會發生。當時好像出動所有村民到處搜索了好幾天，卻還是沒發現吉川的蹤影。

「……奇怪？柊，你等一下。」

夏生忽然想起一件事。

「你說只有吉川先生？不是還有很多人在日無山失蹤嗎？那些人都到哪裡去了？我在登山的途中有撿到失蹤人口的尋人傳單，那個女人在你漂流過來的時候，應該才三十歲左右，若是離世了也太早了吧？」

「就算你這麼說，我當時遇見的也只有吉川先生，村民們也沒理由對我隱瞞漂流者的事……我猜苧環大人是被利用了吧。」

柊略顯乾燥的嘴唇透漏幾分嘲諷之意。每次看到柊露出小時候不會有的表情，夏生的心臟就隱隱作痛。如果在原本的世界長大，柊一定會變成適合開懷大笑的青年吧。

「過去應該也有真的是被苧環大人拉進村子的人，就像我和吉川先生那樣，所以日無山才會被謠傳為人會消失的異界，於是開始有人利用這一點。」

「你是說……對現世絕望，想消失的人去爬山，然後遇難了嗎？」

「那應該會發現遺體吧。我想說的是，會不會有人基於某些原因殺人，再把被害者埋在日無山。就算沒有真的埋屍，只要偽裝被害者入山的痕跡就行了，因為大家都覺得『進入那座山就會發生那種事』。」

發生那種事——也就是說，人人都認為被害者是有意尋死，才會主動進入異界，所以不會起疑吧。理解這一點的瞬間，夏生的背脊發寒。

「……那、那張傳單上的女人呢……」

「可能被埋在日無山或其他地方了吧？」

聽到柊如此乾脆的回答，夏生越來越心寒。人類比苧環大人還要可怕吧？至少苧環大人不會為了私自利欲殺人。如果苧環大人有人類的情感，或許會覺得自己遭到冤枉而心生憤慨。

……不對，現在不是想這些事的時候。

夏生搖搖頭，指著吉川的照片說：

「這個人……吉川先生變成了屍體，漂浮在日無山的沼澤。找到十三年前失蹤的人，在我們的世界引發了軒然大波，所以我堅信柊一定也在某個地方活著，進入了日無山。」

「這樣啊……」

「難道吉川先生在這裡失蹤的那一天，是掉進了那個恩賜沼澤嗎？在沼澤中溺死後，只剩遺體漂回原本的世界……應該可以這麼想吧？」

柊把手抵在脣上沉思了一會兒，不久後點點頭。

「我覺得……不無可能。村裡的男性每週都會在村長家舉行一次酒會，吉川先生就是在酒會當天失蹤的。」

嗜酒的吉川當天喝了不少，後來說孩子在家裡等他，所以一個人先回去了。但其他與會者都到家了，吉川卻沒有回家，至今仍下落不明……

「是不是在返家途中因為酒醉，失足掉進恩賜沼澤……？但你們一定搜過那片沼澤了吧？」

雖然離恩賜沼澤有段距離，但那是在村長家的占地範圍內。應該會有人想到吉川酒醉後搞錯回家的路，失足落水的可能性——夏生是這麼想的。

「能接近恩賜沼澤的人只有村長和其家族，其他村民都害怕苧環大人降下天譴，絕對不會靠近，就算喝得爛醉也一樣。所以沒有人猜測吉川先生可能是去了恩賜沼澤……我也不例外。」

「所以最後，你們沒有搜索恩賜沼澤啊……」

柊應該不會犯下這種失誤，但他在這裡生活的時間已經比原本的世界還長了，就算被小田牧村的思考模式影響，或許也無可厚非。

而且這不是重點。

「……柊，我們也能回去吧？」

拿著手機的手微微發抖。

「既然吉川先生能從恩賜沼澤回到原本的世界，如果我們也跳進沼澤的話……柊？」

發現柊低頭看著自己的眼中帶著幾分憂鬱，夏生的心臟狠狠跳了一下。柊為什麼不開心呢？為什麼……會露出這麼悲傷的表情……

「沒用的，夏生。我說過為了回到你身邊，我試過各種方法了吧。」

柊將澆水壺放回地面，從夏生手上沒收手機後收進袖子裡，彷彿早就知道夏生之後會發生什麼事了。

「我已經試過了。剛闖進這座村子時，我就趁村長不注意的時候跳進恩賜沼澤好幾次了。我在沒有裝備的狀況下盡量往下潛……但什麼事都沒發生，所以我才會像這樣待在這裡。」

「你是……在騙我吧？」

這明明是最後的希望——夏生感到沮喪，另一方面也心想「果然沒錯」。夏生能想到的辦法，柊怎麼可能沒想過。當他就要接受這個事實時。

「……可是……！」

拒絕的話語脫口而出。

「吉川先生不是回到原本的世界了嗎！我跟柊也是從同樣的世界誤闖進來的漂流者吧！哪裡不一樣啊……！」

「……不一樣，差別可大了。」

柊深感痛心地抓著夏生的肩膀，雙手不停發抖……不，當柊用手環住夏生的背，把他拉進懷裡時，夏生才發現是自己在顫抖。

「我們還活著，但吉川先生已經死了。」

「……！」

「我猜他是失足落水之後，因為休克導致心臟驟停，當場身亡了。雖然不知道是什麼原理，但苧環大人將變成冰冷遺骸的吉川先生送回了原本的世界……」

哈哈、哈哈哈……夏生發出乾笑聲。

簡直就是「只有神知曉的世界」。苧環大人要摧毀夏生的希望多少次才滿意？村民為什麼會信奉這種壞心眼的神呢……他真的得在這種世界生活嗎？

那乾脆——

「……我們也……」

「——我不會讓你死的。」

無法掙脫的夏天

柊將夏生緊擁入懷。夏生被熟悉的氣味和不熟悉的精壯胸膛包裹住，柊的大掌則溫柔輕撫他微微顫抖的背。

「我絕對不會讓你死。」

「……為……為什、麼……」

「因為我會保護你，我會永遠陪在你身邊，不讓你受到半點傷害……就算要跟苧環大人為敵也在所不惜。」

柊真摯的誓言讓夏生肩頭一震，或許夏生在不得已的狀況下，也慢慢融入這個村子了。一旦忤逆苧環大人——神意，就無法在這座村子裡生存，這明明是柊告訴他的道理啊。

「如果你還不相信……要不要我跳一次給你看？」

「……咦……」

「要不要待會兒就去恩賜沼澤，我當著你的面跳下去？這樣你就會相信我說的話了嗎？」

柊要跳進恩賜沼澤……那個不停蠢動的不祥幽暗之中……

「——不行！」

柊被幽暗吞噬的畫面閃現腦海的瞬間，夏生緊緊抓住柊的藍染浴衣衣領，將臉埋進柊猛然一震的胸膛。

「不能去！不要去……柊……」

「……夏生……」

「我已經……不想再失去你……不想再離開你了……」

十年前……對柊來說是十五年前，眼睜睜看著柊消失時，夏生大受衝擊，彷彿某個重要的東西被徹底奪走了，之後也總是懊悔地想「為什麼我要放開他的手」。

如果又發生同樣的狀況，夏生一定會無法承受，心靈會徹底崩潰。

「……這是以兒時玩伴的立場提出的請求嗎？」

聽到柊苦澀的嗓音，夏生本想回答「那當然」，卻立刻把這句話吞回去。

柊用滑落的手托起夏生顫抖的下顎。那雙蘊藏著火焰的綠色雙眸從正上方貫穿而來，讓夏生無法動彈。

「你太殘忍了，夏生。」

「……柊……」

「你用這麼可愛的表情和聲音挽留我，卻不肯回應我的心意……你比苧環大人殘酷多了。」

柊緩緩將嘴唇覆上夏生冰冷的唇瓣。

無法掙脫的夏天

跟過去無法相比的壯實背影後頭，神花的花瓣隨風搖曳。

闖進異界過了一週時，夏生也漸漸理解小田牧村這個異界是什麼樣的地方了。

總之就是毫無變化。村民在田裡栽種足以供應自己食用的食材，不夠的就用苧環大人的恩賜來彌補。

衣服也是直接穿苧環大人的恩賜，或是用恩賜的布料自行縫製，所以不會發展出時尚流行。柊也不是基於個人興趣只穿作務衣或浴衣，單純是因為苧環大人的恩賜中沒有符合尺寸的衣物。

早起出門耕田，日落踏上歸途，全家團聚後馬上鑽進被窩。到死為止每天重複這種生活，沒有任何人對此心存疑慮。

不與他人競爭，也不曾有人因為表現出眾而過上奢侈生活，因此也不會流落街頭。在漫長到驚人的時間裡，村民一直過著猶如平靜無波的水面，一成不變的生活……遵從苧環大人的意志。

在這樣的村子裡，夏生才是異於常人的存在。

「……喂～夏哥～！」

下午三點多，夏生無力地趴在起居室的桌子上時，有人敲了敲走廊上的玻璃門。抱著大袋子的和夫精力充沛地用力揮手。

「這是媽媽要我拿過來的，是我們家種的蘋果，而且是剛摘下來的，很好吃喔。」

夏生慢慢起身打開內鎖，和夫就坐在外廊上，將鼓脹的大袋子交給他。像這樣互相分送家中作物的感覺，跟原本世界的鄉下一樣。身為代理村長，柊也會收到各戶人家送來的當季蔬果。

「謝謝你，和夫。可以幫我跟媽媽道謝嗎？」

「別客氣啦，我們摘太多了，反而很傷腦筋呢……對了，柊哥呢？」

「他去村長家了。」

夏生從冰箱拿出麥茶時回答，和夫點點頭說了聲「對喔」。

「這麼說來今晚要辦酒會呢。夏哥，你不去嗎？」

「嗯，因為在我出生的那個世界，規定未滿二十歲不能喝酒。」

和夫發出「是喔～～」的感嘆，將身子往前探。好奇心旺盛的少年對另一個世界……也就是柊長大的那個世界的話題似乎十分感興趣。

「二十歲已經是大叔了吧，為什麼要等到那麼大了才能喝酒啊？」

「呃……可能是因為酒會影響身體發育，飲用過量還會成癮……吧。」

無法掙脫的夏天

「都活了二十年，身體明明早就發育完畢了，也沒辦法喝到過量的程度啊。」

看到和夫歪著頭疑惑，夏生深刻體會到自己的常識在這座村子裡並不適用。

在原本的世界中，只要有錢就能輕鬆買到酒，但在只能仰賴苧環大人恩賜的小田牧村可是貴重物品。柊說漂流到村子裡的酒類會由村長嚴加看管，只會在每週一次的酒會或特殊活動時拿出來宴客。這麼做應該是為了維護村裡的風紀，或是利用獨占單項稀有的娛樂，增加村長的權力。

今天是夏生誤闖小田牧村後第一次舉行酒會的日子。驚人的是，在小田牧村十三歲就可以喝酒了，所以夏生也可以參加，但柊堅決不讓他去。

『會有一大堆像粕谷先生那樣的人參加酒會，你這種單身的漂流者傻乎乎地過去，會被灌酒灌到答應婚事為止喔。』

夏生也不想領教，所以目送柊去村長家準備酒會之後，留下來看家。

但柊一離開，粕谷就來了，拚命說服夏生和姪女見一面就好。好不容易拒絕到底、把粕谷趕回去後，夏生也精疲力盡，趴下來休息。

……如果沒有酒會，粕谷可能還會賴著不走。

對缺乏娛樂的村民來說，村長家的酒會是最大的樂趣，但連酒都沒喝過的夏生完全不懂。

「給你，夏哥。」

夏生還在猶豫要不要大口咬下又大又鮮豔的蘋果時，和夫用綁在腰帶上的小刀俐落地將蘋果削皮、切塊，木製刀柄上刻著「和夫」兩字。

在原本的世界，有很多學校以危險為由禁止學生用刀，但這裡的孩子成長到七八歲就會理所當然地隨身攜帶刀具。在山裡可以採集果實，被蛇咬時也可以切開傷口——聽到這些用途，夏生感受到文化衝擊。

「……欸，夏哥，最近我姊有來這裡嗎？」

和夫用夏生遞給他的布巾擦手，偷偷瞄了他一眼。

「悅子嗎？沒有耶……」

不僅如此，夏生幾乎天天跟柊在一起，卻完全沒見到悅子。悅子毫不掩飾自己對柊的執著與愛慕，夏生老是心驚膽戰地害怕悅子會來攻擊他，所以有種預想落空的感覺。

「這樣啊，那就好……」

「……發生什麼事了嗎？」

「前陣子，爸要姊考慮看看粕谷先生家的清哥，還說再不放棄柊哥，她就會老到嫁不出去。」

在原本的世界，十五歲算不上人老珠黃，但在小田牧村卻再正常不過。如今跟悅子同齡的少女們多半都離開學校、踏入婚姻了，也難怪悅子的父母會擔心。

「……悅子怎麼說？」

「這……我以為她一定會哭著大喊說不要，結果她竟然說『這樣或許也好』……爸媽都很開心，覺得姊終於要嫁人了，我卻有種不祥的預感……」

為什麼會有不祥的預感，不用問也知道。

『……今天我先告辭了，柊哥，我絕對不會放棄你。』

悅子說出這句話時，表情一點也不像天真浪漫的少女，而是墜入情網的女人。就算柊警告她不准對夏生出手，她似乎也聽不進去。突然聽到她願意和其他男人結婚，夏生當然不敢置信。

「難道你是擔心我，才會每天過來嗎……？」

「那也是原因之一啦……但是有一大半是想見夏哥，因為夏哥說的故事很有趣。」

和夫咧嘴一笑並將麥茶一飲而盡，那雙大眼睛充滿期待的光芒。

「繼續跟我說昨天的海賊王的故事嘛，我很想知道後面的劇情，根本睡不著覺。」

小田牧村雖然有給小孩看的繪本和教科書，卻沒有大人也能看的漫畫或小說。柊說，可能是苧環大人不想讓村民學習額外的知識。

所以夏生跟和夫說了在原本世界家喻戶曉的漫畫劇情，讓和夫開心極了，每天都假藉分送食材的名義來玩。拜此所賜，夏生跟和夫也打成一片，跟他聊了許多熱門漫畫。

「好啊。我想想，昨天說到哪裡了？」

「主角潛入壞蛋的基地了！」

之後和夫聽了一小時左右的故事後回去了。之所以比平常還要早，是因為和夫的父親要參加酒會，家裡只剩母親和姊姊在吧。雖然不太信任個性偏激的姊姊，和夫還是很珍惜她。

「……唉……」

躲回起居室後，夏生在榻榻米上躺成大字型。電風扇開著沒關，風扇旋轉的聲音感覺比平常還要大。

……柊……

外頭天色還很亮，但村長家的酒會應該已經開始了。這個村子沒有路燈，天色暗下來之後只能靠手電筒照明，所以必須早點集合，在入夜前解散。有點難想像柊喝酒後吵吵嚷嚷的模樣。

……我好奇怪。

柊不在的家空蕩蕩的又寒冷，讓夏生感到害怕，卻有點安心。

『你用這麼可愛的表情和聲音挽留我，卻不肯回應我的心意……你比苧環大人殘酷多了。』

一週前，柊有些苦澀地這麼說完，吻了他之後跟他道歉，說絕對不會再做會讓他困擾的事。

柊沒有食言，在那之後沒有對夏生有過多觸碰……但不管怎麼說，夏生都不禁理解到柊並沒有斬斷對自己的情意。因為不管他做什麼，柊那雙帶著熱意的綠色眼眸都會緊跟過來。

——我喜歡你，我愛你，我只想要你。

無時無刻都能感受到這股無聲的告白，夏生無比為難。所以得知今天能和柊分開短短幾小時，夏生不由得有點開心。

柊不會像其他村民一樣務農，頂多只會照顧庭院裡的小菜園，所以幾乎一整天都在幫忙處理村長的工作。村長的工作比夏生想像得還要繁重許多，不但要分配苧環大人的恩賜、照顧神花，還要做管理村民戶籍和協調紛爭等等類似區公所和派出所的工作。

柊處理代理村長的工作時，夏生會一直在他身邊，自願幫忙整理文件等等。因為自己還年輕，他曾向柊提議要下田幫忙，卻被柊用「外行人貿然去幫忙只會受傷」的理由果斷回絕。

晚上兩人會在同一間房裡各鋪一床被子睡覺，所以夏生只有上廁所和洗澡時能獨處。

明明很想一個人慢慢思考，如今終於得到機會後，心中卻只有焦慮之情。

……他不討厭柊，反而很喜歡。柊消失的這十年，夏生也交了許多朋友，卻沒有遇到比柊更能交心親密的人。

當柊表明對夏生是戀愛的那種喜歡時，夏生也不排斥，連被親吻時也沒有絲毫厭惡。被柊的氣味和體溫包裹住，能讓他無比安心，這一星期柊都沒什麼碰他，甚至讓他覺得有些焦躁。

……但夏生還是不懂。

這股充斥內心的情緒是什麼？自己對柊又是怎麼想的？柊是最重要的兒時玩伴和摯友，除此之外，明明不可能有其他想法——

夏生將身子轉向側邊時，玄關處傳來「嗡」的聲音，他過了一會兒才發現那是門鈴聲，便急忙起身應門。村民幾乎都會從外廊直接喊人，很少使用玄關。

「——晚安，櫛原先生。」

一打開門，就看見悅子拿著用包巾包著的大包裹。想起和夫說的話，夏生不禁想關上門，悅子卻面帶微笑，將那包東西舉起來給他看。

「今天柊哥不在，你一個人在家吧？我想跟你一起吃晚餐，所以做了便當帶來。」

「……給我的嗎？」

「是的。你應該從我弟那裡聽說了，有人向我提親……我也打算接受這門親事。前陣子我對櫛原先生做了相當失禮的事，所以想跟你道歉，心無罣礙地嫁出去……會造成你的麻煩嗎？」

「啊，不會，沒那回事。」

悅子的態度謙虛，彷彿之前那些事從未發生過，讓夏生看傻了眼。悅子笑逐顏開地說了聲「太好了」，貿然走進家中。

夏生急忙追上那細瘦的背影，看著她在起居室桌上打開兩個多層便當盒，裡頭裝著令人食指大動的配菜和炊飯。

「來，請慢用。這可是我的傾力之作喔。」

悅子把一併帶來的竹筷拿給夏生，如此催促。

夏生猶豫了一會兒，還是收下了。柊的警告曾掠過腦海，但悅子一個人沒辦法對夏生做出什麼事。

若是讓悅子想心無罣礙地出嫁的心情白費也很不好意思，畢竟悅子跟和夫一樣，是和柊一起長大，形同家人的存在。如果沒有夏生，柊現在或許已經跟悅子結婚，連孩子都有了吧。

「……謝謝，那我就不客氣了。」

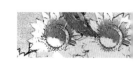

夏生忽視胸口的刺痛，將筷子伸向便當。有他喜歡吃的高湯煎蛋捲、燉煮蔬菜，還有糖醋肉丸，廚藝好到無法想像是十五歲少女做的。

「合你的口味嗎？」

「嗯，很好吃。」

「太好了，請多吃點。」

悅子露出愉悅的微笑，將炊飯送進口中。

夏生有些疑惑地歪著頭。他的炊飯裡放了類似葫蘆乾碎末的褐色食材，悅子的炊飯裡卻沒有類似的東西。

只是湊巧嗎？他比較了一下自己少了三分之一左右的便當盒和悅子的，悅子的炊飯中確實沒有褐色的食材。當夏生莫名心慌，放下筷子時，內褲裡的性器竟開始隱隱作痛。

「櫛原先生？」

「…………！」

想說出口的回答變成了充滿熱意的吐息。從內側微微灼燒肌膚的熱度在轉眼間燃燒擴散，讓他全身的血液沸騰。

……這……是、什麼……？

明明沒有觸碰，熱燙高昂的性器卻逐漸撐起內褲。

無法掙脫的夏天

他不想讓悅子看到自己脹起的胯下，用雙手撐著榻榻米，卻聽見一陣輕笑聲。

「看來藥效終於發作了。」

「……啊……悅、子……？」

「別用這麼親密的口氣喊我，真噁心。你這種人就該早點去死啊。」

因厭惡而扭曲的臉龐上完全看不見方才的穩重優雅。

夏生的意識逐漸模糊，理解到自己被下藥了。應該是那個褐色的食材……裡面肯定有毒。

……這種感覺？是中毒嗎？

呼吸急促，全身發燙，滾燙的血液不斷集中至胯下，絲毫不顧夏生的意志。

……這不是毒，簡直就像被下了奇怪的藥……

「……為……什麼、要做……這種事……」

他用想伸向胯下的手用力撓抓胸口。可能以為夏生正受到毒藥折磨，悅子愉悅地勾起了嘴角。

「我怎麼可能和阿清那種人結婚呢？我愛的只有柊哥一個人。」

悅子沒有放棄柊。柊與和夫的擔憂以最糟糕的形式成真了。

「在你漂流過來之前，柊哥最疼愛的人是我。柊哥可是特別的存在，只要你不在了，特別的柊哥應該就會明白，只有特別的我才配得上他。」

「就算……妳這麼做……柊也……不會……」

夏生顫抖的指尖碰上柊交給他保管的祖母綠墜鍊，下意識地握緊。見狀，悅子立刻神情僵硬地舉起手。

「你這小偷！」

「……啊……」

夏生以為悅子要打他而繃緊身子，但是悅子用力揮下的手抓住了那條祖母綠墜鍊，猛力一拉，白金材質的鏈條陷入夏生的脖子。

「這是我的東西！因為柊哥說過，以後遇到重要的人時，要把墜鍊交給對方！」

「不……這是、我的……」

夏生的手用力握住墜鍊，心想絕對不能交給她。

這是柊交給他保管的重要護身符，同時也是柊在原本世界的唯一寄託，豈能被悅子搶走。

「給我放手，你這不知好歹的傢伙！」

悅子情緒激動，一臉猙獰地猛扯墜鍊。

一股痛楚竄過脖子。再這樣下去，脖子的皮肉會被割破，鍊條可能也會被扯斷。

即使心裡明白這點，夏生也不打算放手……柊重要的墜鍊……不對，柊不能被她搶走……！

「——放開夏生！」

一道粗獷的怒吼聲在熱到快融化的意識中響起。柊表露出前所未見的怒氣，一把扭起悅子的手臂。

「咿……咿咿咿咿……」

由於悅子忍不住放開墜鍊，夏生才得以從痛苦中獲得解脫，空氣一口氣流入剛才無法呼吸的喉嚨。

「妳這殺人犯！」

夏生拚命咳嗽並撐起身子，懷疑自己的眼睛。

眼前的畫面是現實嗎？那個溫柔的柊不但將悅子狠狠甩到地上，還用拳頭狠狠揍上悅子白皙的臉頰。

「咕啊！」

「姊、姊姊……！」

看到悅子被揍飛到牆邊，和夫驚慌失措地衝過去。

和夫應該早就回去了，怎麼會出現在這裡？柊也一樣，他現在應該在村長家參加酒會吧？

「滾開，和夫。」

和夫張開雙臂袒護動彈不得的姊姊，而柊用帶著殺氣的聲音命令道。

「這丫頭竟敢偷走神花、企圖謀殺夏生，我得讓她得到報應。」

「是……是沒錯……！可是夏哥還沒死啊！」

「廢話，如果我的夏生死了，我可不會善罷干休。我會從她的指尖和指甲慢慢剁碎，讓她飽受折磨，哭著哀求我殺了她，再活活把她扔去餵魚。」

……神花？悅子把那種花混進食物裡了？

斷斷續續聽見的對話，讓夏生渾身顫抖。

只要碰到汁液就會潰爛，大量攝取則會死於心臟麻痺的那種花，自己吃進肚子裡了？那這股侵蝕全身的熱意和異常快速的心跳，也是神花的毒性使然嗎？

「柊……柊……！」

夏生勉強擠出嘶啞的嗓音，柊迅速轉身抱起夏生。或許是因為全身都在發燙，平常炙熱的手感覺有些冰涼。

「夏生，你還好嗎？我馬上幫你治療……」

「……不……不用……」

無法掙脫的夏天

柊輕鬆抱起夏生準備往外衝，但夏生用使不上力的手指抓住他的浴衣領口……隔著布料碰到的肌膚好燙，甚至讓夏生疑惑怎麼沒有捲起火舌，熊熊燃燒。

「不……不用治療……柊……」

夏生用另一隻手觸碰徹底脹起的胯下。

看到柊脖子上的喉結上下滾動的瞬間，夏生確定了。

柊一定可以救他脫離這股痛苦……現在只有柊能拯救夏生了。

「……救救我。我的身體……好熱……快要融化了……！」

「——唔……！」

從咬緊牙關的雙唇中流瀉的吐息宛如野獸。夏生流下歡喜的淚水，緊緊攀上柊粗壯的脖頸。

只有一點點也好，好想把體內翻湧的熱意傳遞給柊，想跟他一起融化。

柊緩緩轉頭看向和夫。悅子靠牆摀著被揍的臉頰，被柊的視線嚇得渾身一震，但柊看都不看她一眼。

「……把這個女的帶到牢裡。可以給她食物，但不准幫她治療。」

「這怎麼能……」

和夫本想反駁，卻硬把話吞回去，讓姊姊站起來。他或許是知道不管對現在的柊說什

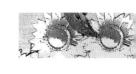

麼，柊都聽不進去，或是判斷不能再讓柊看到悅子，害悅子再受到傷害。

「……姊姊，快走啊！」

和夫半拖著因疼痛和驚嚇而步履蹣跚的悅子，從外廊離開。走廊上的玻璃門不知何時被打開了，柊跟和夫似乎是從那裡衝進來救他的。

「……柊……柊……！」

夏生的肌膚變得太過敏感，連微微撫過臉頰的溫暖夜風都像拷問，只會使體內熱度升高，無法發散。

夏生再也顧不得形象了，他將臉埋進柊凌亂浴衣中裸露出來的胸膛，用舌頭舔舐汗溼的肌膚，粗魯地搓揉自己的胯下，甚至沒想過熱得急躁的自己在柊眼裡是什麼模樣。

「……夏生，你聽我說。」

柊炙熱的吐息搔動他的耳際。

「你現在的狀態不正常。雖然只有少數人知道，但微量的神花具有類似春藥的效果，會異常引起性亢奮。悅子將神花放進食物是想殺害你，但你攝取的量不多，誘發了春藥的效果。」

「……呼……」

「一旦發生這種狀況，就必須跟某人交纏宣洩，否則神花的熱度不會冷卻下來……

能讓我幫你嗎？」

夏生的腦袋都熱得快融化了，根本無法理解柊在說什麼。但他知道柊是想拯救自己，因此點點頭，淚眼汪汪地仰頭看向柊。

「……柊、可以。我想要柊、幫我……」

「……夏生……！」

柊咬緊牙關到吱嘎作響，粗魯地踢開後方的紙拉門。隔壁就是平常當成寢室使用的房間，但棉被都收在壁櫥裡。

「啊……啊……柊、柊……」

一被柊放在褪色的榻榻米上，夏生就脫掉上衣，將手放上褲子腰帶。他想盡快變得全身赤裸，盡量釋放積在體內的熱氣，卻因為滿手是汗而不斷手滑。

夏生因焦慮難耐咬著牙時，柊輕輕拉開他的手，幫他把內褲連同褲子一起脫下。柊用綠色雙眸來回舔舐因為解放感而鬆了口氣的夏生，手在那具渾身赤裸、只戴著自己送的墜鍊的身軀上遊走。

「……太久了。」

「……啊……啊啊……」

「為了這一天，我……」

柊的嗓音比以往還低沉嘶啞，代表他也很興奮吧……希望是這樣，希望柊也跟夏生一樣高昂挺立，渴求著夏生，否則、否則……

「……柊……」

一股酥麻感竄過，使夏生背脊發顫。

就快融化腦袋的熱度和快凍死的寒意交互襲來，夏生緊緊攀附在柊身上。夏生用手環住柊緊實的腰，解開他的腰帶並掀開浴衣衣襬。

「啊……啊啊啊……」

柊包覆在內褲裡的胯下鼓脹至極，散發出雄性氣息。夏生想起兩人重逢的那一天，著迷地將臉湊過去，聞到更加濃烈的氣味，夏生勃起到極限的性器流下歡喜的淚液。

「……快、點……」

「……唔……夏生……」

「快點……把這個給我……放進我的、裡面……」

只要噙著淚水如此哀求，柊就會馬上實現他的願望——讓他從這不斷升高的熱意中解脫。夏生隱約明白到了這一點。

幾個畫面如泡沫一般不斷浮現於腦海又破裂。

哀號著到處逃竄，最後被推倒在地侵犯的自己，在紫色花海中，赤裸地只披著一件華麗和服，用臀部含著巨大男根、不斷扭腰的自己，被關在昏暗房間裡，專心吞吐男根的自己。

每個自己最後體內深處都會被注入精液，露出心滿意足的表情。而且每次用男根填滿自己的人，都是柊。

所以「這次」一定也是——

「……啊啊……！」

夏生的視線轉了一圈。

雙腳被大幅打開，夏生反射性地睜開緊閉著的雙眼，那雙綠色眼眸銳利地刺穿他的心。將夏生仰面推倒後，柊抬起夏生的腳，露出猙獰的笑容。

「啊、啊啊……啊……」

看到柊胯下高昂挺拔的凶猛男根，嘴角都快流下口水了。粗如孩童手臂的肉刃往後仰起，上頭的幾條血管不斷跳動，前端滲出透明的汁液。垂在下方的兩個沉重囊袋也跟夏生的大小無法相比。

「……快……快點……」

要是極其粗大的性器塞進尚未擴張過的臀部，肯定會受傷，夏生卻不斷收縮著花蕾，誘惑著柊。因為他知道即使受傷流血，只要用這裡接納柊就能獲得最棒的快感。

「——夏生……！」

夏生的腳被抬高到膝蓋貼著胸口，裸露出來的花蕾被性器前端抵住。

灼燒純潔入口的炙熱、陷入大腿的手指力道、具有彈性的肉體觸感——這一切明明都是初次體驗，為什麼會有種懷念的感覺？

「咿……啊、啊啊、啊啊啊——……！」

以初次接納來說，粗大到殘酷的前端沉入從未接納過異物的那個地方。

正常來說可能會受傷，但夏生的花蕾已經等待貫穿身體的肉刃許久，將入口撐開到極限，吞下了柊，彷彿在慢慢享受那個懾人的粗大和血管的凹凸觸感。

……這是什麼……好奇怪。我的身體是怎麼回事……？

「……夏生，能不能放鬆一點點？」

「啊……！」

柊擺動腰部帶來的些微震動，都讓夏生的甬道欣喜若狂，貪婪地吞吃著深入肚子裡的肉刃。柊皺起一邊眉毛的表情妖嬈又性感，讓夏生心跳加速，但他無法放鬆，因為、因為……

「……我不想、放開你……」

「夏……生……」

「我絕對……不想、放開你……」

不管手握得多緊，只要用力就能甩掉。但像這樣緊密相連……結為一體的話，就絕對無法分開。

「唔……夏生、夏生！」

「咿……啊啊啊！」

夏生的腳被抬得更高，下半身浮在空中。幾乎是從正上方刺進體內的肉刃前端一顫，噴濺出滾燙的精液。

「啊啊……啊、啊啊……柊、柊……」

注入體內的大量精液潤滑甬道，同時灌注到最深處，在夏生肚子裡發出黏稠的水聲。初次被滾燙黏液浸潤的感覺，讓夏生忍不住伸出手，撫摸自己微微顫抖的腹部。

「……柊……在、這裡……」

「是啊……沒錯，夏生。」

柊渾身一震，讓夏生接下最後一滴並將俊秀的臉龐湊近他，將自己如灼燒般火熱的雙唇覆上夏生微微張開的唇瓣。

「我會一直待在你體內，哪裡也不會去。」

「……真的嗎？你不會、離開我？」

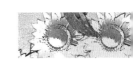

「我當然不可能離開你……明明好不容易才成功的。」

柊的呢喃滾燙嘶啞，夏生聽不太清楚。

但是沒關係，只要和那雙比以往更深沉的綠色眼眸相視，夏生就明白了。柊會將夏生體內的熱度吞噬殆盡，而夏生也想用柊來獲得滿足。

「……啊、啊、啊啊……！」

只是擺動腰部幾次就立刻鼓脹起來的肉刃，毫無阻礙地進入黏糊狹窄的甬道。感覺著比剛才還要鮮明的柊的存在，夏生扭動腰肢，吐出滾燙氣息的柊就一口氣向內挺進。

「啊啊……啊！」

匯聚於胯下的熱意迸發。

猛然噴出的精液濺得到處都是，連夏生的臉頰都沾到了。柊將性器塞進夏生的肚子，直至根部，同時舔過他的臉頰。

「……啊……嗯……」

柊看似津津有味地舔著嘴唇，舌頭的動作無比妖媚，讓夏生忍不住緊緊夾住肚子裡的柊。在最深處重合的脈動與鼓動，逐漸讓夏生殘存的理智沸騰至融化。

柊溼潤的雙唇勾起了笑。

「……被我頂進肚子裡有這麼舒服嗎？」

柊緩慢擺動腰部時，夏生疲軟的陰莖也跟著晃動。雖然夏生至今跟男女都沒有經驗，也會像平常人那樣自慰，但這是他有生以來第一次沒有觸碰就達到高潮。

但夏生一點也不難為情。

「……嗯……好舒服……」

夏生的眼神恍惚蕩漾，用腳跟將柊精壯的背部拉向自己。男根因此更加深入，夏生流洩出充滿快感的氣息。

「柊射了好多熱熱的在我體內……填滿到深處，非常舒服……」

「啊……啊、夏生……」

「還要……我還要。柊把我填滿吧……」

光是一次還不夠，還要兩次、三次，好想要柊不停在體內注入精液到極限，用粗壯的男根塞住後穴，不讓精液流出，然後狠狠頂弄，搔刮甬道。

——好想被侵犯。想像當時一樣被扭過手按倒在地，沒擴張就從背後被狠狠貫穿。

——好想被迫含弄他。想像當時一樣被凶猛的男根塞滿小嘴，不斷被頂弄到乾嘔，讓精液流進喉嚨深處。

——好想被填滿到滿溢出來。想像當時一樣被柊輕壓腹部，在他面前從花蕾吐出被注入一整晚的精液。

那些畫面在腦海中再度閃現又消失，夏生似乎也無意識地脫口而出。

「……你……還記得嗎？」

柊的表情帶著一點緊張。

夏生沒聽懂這個問題的意思，只有一瞬感到困惑。他伸手摸索唯一戴在身上的祖母綠墜鍊，緊緊抓住。

「我、記得……柊遇到重要的人時，就會把這個給他。」

「什麼……？」

「這是、悅子說的……可是我不想交給悅子，也不想交給任何人，所以……」

「……所以你才拚命抵抗，甚至受到這種傷？」

柊的緊張頓時緩解，撫慰似地舔舐夏生被鍊條割出來的傷。

還以為已經脹大到極限的男根又更加鼓脹，從內側擴張夏生單薄的腹部。肉受到擠壓，變成柊的形狀。夏生甚至愛極了這種感覺，因為越是擴張，柊就會注入越多精液。

「……唔、嗯。我……不想把柊……交給任何人……」

「——不是墜鍊，而是我嗎？」

夏生一點頭，塞滿腹中的男根一口氣抽離。夏生還來不及抗議「為什麼？」，空虛的花蕾再次被極粗的木樁刺穿。

「……啊、啊啊啊……！」

腦袋深處迸發出白光。

柊用比夏生粗壯一倍的手臂扛起夏生無力的雙腳，粗暴地將充滿精神的男根頂入。每當柊毫無顧忌，為了滿足自身欲望而做出野獸般的律動，夏生瘦小的身軀就會在榻榻米上震顫。

「夏生……夏生……！」

「啊、啊啊、柊、柊、柊……」

「喜歡……喜歡、我喜歡你。第一次見面時就喜歡上你了，自從你對我露出笑容的那一刻起……」

怦咚……跳動的是夏生的心臟，還是腹中的男根呢？夏生感覺到熱度從相連的部位擴散開來，緊緊抱住柊。

看到柊瞇起綠色眼眸，腰部為之顫抖的模樣，夏生好開心……因為這是不只夏生，柊也同樣願意與他分享這份熱度的證據。

「……柊……柊……！」

昏暗的室內不斷響起淫靡的咕啾聲響。每當腹部被柊狠狠頂入，身體就好像被逐一重組。從毫無經驗的純潔身軀變成接納柊熱情的容器，宛如堅硬的花蕾盛開了。

無法掙脫的夏天

「再多……射給我……」

夏生努力舉起使不上力的雙手，觸碰自己的乳頭和胯下，用指尖揉捏從剛才就挺立酥麻的乳頭，套弄才剛高潮卻又鼓脹的陰莖。因為他知道自己表現得越淫蕩，越能挑起柊的性欲。

「射出很多……射到比剛才更深的地方……」

「……啊、啊……夏生！」

身體從內側開始發顫。

柊將男根頂入難以置信的深處，前端射出大量精液，而夏生緊抱著柊的脖子，接下精液。雙腳頻頻顫抖，同時扭動腰肢。

……啊、啊啊、好多……柊、柊射了好多……！

這些精液跟剛才注入的混合在一起，被柊完全鼓脹的性器前端攪弄、冒泡，流進最深處。侵蝕全身的異常熱度只有稍微得到緩解，呼吸輕鬆了一些。

可是還不夠。還要、還要柊——這股貪食身體、啃食殆盡的熱度——

「……你還不滿足嗎？」

柊憐愛地吮吸夏生不再顫抖的大腿內側，留下鮮紅的印記。夏生立刻點頭，柊便緩緩頂進夏生的腹部，握住與柊相比小巧許多的性器。

「我也是……我想繼續侵犯你，和你相連……我想讓你懷孕。」

「啊……我……我……懷上柊的……？」

「是啊。這樣我們就不會再分隔兩地了。不管發生什麼事，都可以永遠在一起吧？」

「啊……嗯、嗯、啊、啊啊！」

只是攪動混合冒泡的精液，柊的男根就逐漸恢復硬挺。被汗溼的手握住陰莖，全身同時跟著受到搖晃，夏生點了點頭，柊就像要大口咬上夏生頻頻喘息的脣一般，堵住他的脣。

「……嗯……嗯、嗯～……唔……！」

面對竄入口腔的厚實舌頭，青澀的夏生根本難以抗拒。往後縮的舌頭立刻被纏住，上下都被柊填滿。被抬起的大腿壓在肚子上，體內的精液慢慢擴散至甬道的每個角落。

明明無法順暢呼吸，連呼出的氣息都被掠奪殆盡，難受不已，體內的快感卻不斷升高。腹中的精液擺盪，攀著柊脖子的夏生豎起指甲抓撓。柊將舌頭伸入至喉嚨深處，彷彿將這股痛楚都當成愛撫。

「……嗯、唔……呼……嗯嗯……」

夏生的目光離不開柊那雙絕對不閉上的綠色眼眸，耳朵持續遭到腹中傳來的水聲侵襲。如今夏生的身體被比自己壯碩一倍的柊壓著，除了緊緊交纏的四肢以外，其他地方應該都被柊填滿了。

如果就這樣被柊填滿，和他結為一體的話——

「呼……唔……嗯……？」

當夏生吞下彼此混合的唾液，發出美味的吞嚥聲時，交纏的舌頭忽然鬆開了。

始終被高高抬起的雙腳也被放下，不只親吻，連下半身的連結都要分開了。夏生立刻夾住想退出體外的男根。

「……柊……為什麼……？」

明明熱度還沒冷卻，肚子也還沒被填滿。柊剛剛明明也說想侵犯夏生到懷孕為止。

夏生用眼神抗議，但柊不予理會，腰部往後退。在大量精液流出夏生依舊張開的花蕾前，柊讓夏生趴在地上，只翹起下半身，將不知頹軟為何物的男根頂入不斷蠢動、渴望被貫穿的花蕾。

「咿……啊、呀啊啊啊啊……！」

男根將差點逆流的精液推回，不斷摩擦欣喜若狂的甬道。以不一樣的角度被插入，夏生瞪大的雙眼中流下歡喜的淚水。

「……這樣可以嗎？」

柊緩緩壓到夏生的背上，捧起他的下顎。夏生的耳朵被柊含在嘴裡，只能「嗯、嗯」

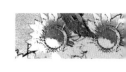

地點頭。

「可以……可以啊……柊、柊……」

「要我、做什麼？」

「把精液、咕啾咕啾地……射進我、肚子裡面……」

夏生自己也不知道自己在說什麼，柊卻聽懂了。從背後被握住的性器在大掌中滑溜地受到擠壓，似乎在不知不覺中輕易達到了高潮。

「射進你肚子裡的精液被我混在一起很舒服嗎？」

「嗯……嗯……」

「這樣啊……那不管要幾次，我都給你，只要你想要……」

柊輕笑幾聲，手滑至夏生的腹部。被柊用力按壓，灌得滿滿的精液就湧入更深處，夏生忍不住夾緊粗壯的男根。

「……啊啊啊……」

「這樣一來，這裡搞不好會因為我的精液鼓脹起來喔……這樣也可以嗎？」

柊將舌頭伸進夏生的耳穴輕聲呢喃，夏生則陶醉地點點頭。每當體內的熱度攀升，腦中就會閃現奇妙的畫面——在各種場景下被侵犯的夏生，以及侵犯夏生的柊。柊一定是想模仿那些讓人莫名懷念的場景，使其化作現實。

夏生用雙手撐著榻榻米，用蠕動的甬道將男根帶到最深處，代替央求柊趕快射精的話語。

「——夏生、夏生……！啊啊，我終於和你……」

柊從兩側一把抓住夏生的臀瓣，開始粗暴地擺動腰肢。

『……呼……呼！呼、呼……』

逃走了。

夏生逃走了，還摔了好幾次，弄得滿身泥濘。

鞋子早就不小心掉了，他踩著四處遍布的小石頭和樹枝，滿是傷痕的腳底傳來陣陣刺痛，但他不能停下腳步。那傢伙一定已經發現夏生消失，追上來了才對。

能從那個人的家裡逃出來近乎奇蹟。當他快被脫到渾身赤裸時，剛好有人來訪，那傢伙就去應門了。他聽見一個孩子的聲音喊著「柊哥」，應該是那個住在附近的少年和夫吧。自己剛闖進這座村子時，只跟他打過一次照面。

因為剛才差點遭到侵犯，所以鍊條被解開了。明明一定要綁住夏生才能抓住他，那傢伙卻只會在做愛時將束縛解開，可能覺得那是雙方都同意的行為吧，但夏生明明從來沒有心甘情願地接受過他。

在那傢伙回來前，夏生從後門逃出去。跟村長會面後，夏生就立刻被囚禁了，所以沒有人可以依靠。他的腳不是朝聚落，而是往東邊隱約可見的小山林跑去。太陽已經快下山了，如果能在入夜前穿過那座山，或許就能在某處尋求協助。

無法掙脫的夏天

……為什麼會想再次走進日無山呢？

夏生撥開茂密的草叢時，萬分懊悔湧上心頭。

不該來的，應該像大家說的那樣，認定他在十年前死了就好。這樣就不會發現那傢伙的醜陋本性，能依舊作為美麗的回憶，留在記憶中。

『呼……啊……啊！』

踩到硬物的瞬間，腳踝竄過一陣劇痛。夏生痛得摔倒在地，睜眼一看，發現右腳踝被看似狩獵用的鐵製陷阱夾住了。如猛獸下顎的陷阱緊緊咬住他的肉，靠夏生的力量無法掙脫。這一帶明明會有採摘山菜的村民出入，為什麼會設下這麼危險的陷阱？

草叢沙沙作響搖晃，原本覺得惱人的蟲鳴不知不覺間消失了。

『——我找了你好久，夏生。』

『咿……！』

一名身材修長的男性從昏暗中現身，夏生嚇得差點跳起來，心臟像壞掉似的狂跳。

……天啊，怎麼會……！

他本來就做好了隨時會被找到的心理準備，但那傢伙為什麼不是從後方，而是從前方出現呢？簡直就像早就預料到夏生會往哪裡逃了。

……難道，這個陷阱也是……？

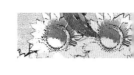

『你居然還有力氣可以逃跑，看來是我對你太仁慈了。』

『……不……不是……啊，不要！別過來、別過來！』

夏生拚命哀求，柊卻充耳不聞。他在夏生身旁蹲下，將夏生的浴衣衣襬掀起。他沒讓夏生穿內褲，所以裸露的下半身一覽無遺。

柊強硬地扳開夏生的臀部，將賁張的男根抵在縫隙之間。夏生不管陷阱越咬越深，拚命反抗，卻還是被柊鍛練過的肉體輕易壓在身下。

喀啷喀啷！喀啷喀啷！

裝在沾滿血的陷阱上的鎖鏈，發出刺耳惱人的聲響。

『我要做到你再也不想逃跑。』

『啊……不、不要！不要不要不要、不要……柊！』

緊閉著的花蕾被化為凶器的男根貫穿。

夏生發出慘叫，就快被濃郁的鐵銹味嗆昏了。

喀啷喀啷！喀啷喀啷！

聽到遠處傳來聲音，夏生醒了過來。他身上穿著不記得曾換上的浴衣，躺在被窩裡的

無法掙脫的夏天

身體莫名沉重至極。

夏生費力地翻身轉向聲音傳來的地方，在與外廊連接的走廊上看到柊的背影，玻璃門後的遮雨門也關著。在這個封閉的異界也會有暴風雨嗎？

「……夏生？」

可能是感受到視線，柊緩緩轉過頭來。看到從昏暗中現身的修長身軀——那雙手彷彿被染成鮮紅色時，莫名真實的畫面閃過腦海。

自己在山裡四處逃竄，柊無情地將踩到陷阱的自己逼入絕境，狠狠侵犯……

「夏生，你還好嗎？」

夏生疲軟地倒回被褥後，柊跑過來跪在旁邊將夏生抱起，像在對待易碎品般輕輕抱住他。

「奇……怪？」

一被這股溫暖包裹住，可怕的畫面全都消融殆盡，完全想不起來是什麼內容。

「……抱歉，柊。我好像有點頭暈……」

「你不必道歉。神花的毒素才剛解除，你不用勉強，好好休息吧。」

撫摸背部的手明明一樣溫柔，卻跟平常不太一樣。柊的輕聲低語也是，彷彿流淌著過去未曾有過的甜蜜，纏上耳膜。

「……神花的……毒？」
「三天前，悅子讓你吃的便當裡摻入了神花的毒。你不記得了嗎？」
這個問題成了契機，悅子來訪時的記憶重回腦海。
……對，悅子說要放棄柊，跟其他男人結婚，所以想在嫁人前跟夏生道歉，消除心中的遺憾。
當時自己沒能狠心拒絕，吃了悅子親手做的便當後，身體異常發熱，然後……
「…………！」
夏生猛地推開柊厚實的胸膛。見夏生忽然反抗，柊瞪大了綠色雙眼，但發現夏生的臉一片通紅，輕輕露出微笑。
「太好了，看來你沒忘記。」
「怎……怎麼可能、忘記啦……」
神花雖然含有威脅性命的可怕毒性，但少量會發揮類似春藥的效果。被癲狂熱度支配的夏生向柊求助，柊也回應了他。明明是第一次和某人肌膚相親，他們卻像野獸般交纏了一次又一次，做了一整晚……
……我、我、和柊……！
光是和兒時玩伴親密接觸就讓人無地自容了，一想起昨晚自己意亂情迷的模樣，夏

生就難為情到想死。

自己竟然纏著柊不斷扭腰，哀求柊射在體內……而且還不止一次，而是無數次——甚至只是輕壓腹部，就有大量冒泡的精液從花蕾滿溢而出。

「夏生……」

沒錯，當時柊也直盯著他。用摻雜著欲望和愛意的眼神，看著注入夏生體內的精液從翹起的臀部流淌而下，且臀部不斷顫抖、哭哭啼啼的他。肚子裡空蕩蕩的感覺讓夏生感到落寞，柊就溫柔地將他抱到腿上，用絲毫不見萎靡的男根刺進夏生體內……

「唔……！」

夏生覺得自己沒臉見柊，將棉被蓋到頭上。

如果地上有洞，他真想順勢將自己深深埋進地底。就算是中了神花的毒，怎麼能……怎麼能那樣……！

「夏生、夏生。」

柊在棉被上拍拍他的頭，聲音像在哄小孩似的，讓夏生更無地自容了。柊明明只是好心幫他緩解神花的毒素，自己居然意亂情迷成那副德性。

「我先把話說清楚，我不是出於好心才抱你的。」

「……咦？」

「我確實是想幫你……但是看到你中了神花的毒，那一刻我心想：『這樣就可以抱你了。』終於可以進入你的體內，在你的全身上下留下代表你屬於我的印記。」

柊的手緩緩撫過夏生的頭、脖子和背部，因為有了經驗，夏生莫名覺得這理應溫柔的手勢帶著幾分淫靡，想起了那雙手是如何性感地挑起夏生的情欲……多寵溺地愛撫著夏生的。

「聽到你哀求我狠狠侵犯你，我好開心。因為你應該是第一次，我至少得對你溫柔一點才行啊。」

「什……什麼？」

夏生忍不住從被窩中探出頭，抓住柊的浴衣膝蓋處。他不記得自己說過這種話。

「你在……騙我吧？」

「我為何必須在這種時候騙你？」

根據柊的描述，夏生似乎想在沒擴張的狀況下從背後被柊侵犯，想含住他的男根，還想在柊面前排出體內的精液……夏生當然一點印象都沒有，但柊也不可能撒這種謊。

夏生愣住時，柊溫柔地摸摸他的頭。

「這不是你的錯，你當時中了神花的毒，所以神智不清了。」

「可、可是……你一直陪著我……」

「我說過了吧？我覺得自己賺到了……開心到死也瞑目了。就算你會忘記，你也曾渴望過我。」

那雙綠色眼眸中燃著熱情的火焰。現在夏生才發現自己不小心離開了被窩這個外殼，急忙想鑽回去，卻在那之前就被柊緊緊抓住手臂。

「哇……！」

夏生就這樣被柊拖出被窩，面對面跨坐到盤腿坐著的柊腿上。柊可能馬上就看出了他想要掙脫，用粗壯的手臂圈住他的腰。

「唔、啊啊……」

「夏生，看著我。」

聽到他這麼說，夏生也沒辦法乖乖照做。充滿憐愛的眼神、輕聲低語和環住腰肢的手臂，一切都太過寵溺。這絕對不是對待兒時玩伴的態度。

「夏生……求求你，看著我。」

柊應該能輕易地逼迫自己轉過頭，他卻在耳畔低聲呢喃。

被那聲哀戚的話語吸引，夏生慢慢轉過頭，頓時動彈不得，被那雙彷彿會將人灼燒殆盡的綠色雙眸纏住。

「我喜歡你，夏生。」

「唔……啊、啊……」

「如果你忘記了，我會不停告訴你……我愛你，我只有你。為了你，要我做什麼都願意。」

與殘留在零碎記憶中的任何事物相比，這句告白都無比甜蜜，就像一旦沉入就無法掙脫的蜜糖沼澤。

「……我的心意會讓你困擾嗎？」

「怎、怎麼可能……！」

夏生有些難受地閉上眼，又猛地抬起頭，胸前的祖母綠墜鍊隨之搖晃。

「我……被神花搞得神智不清時，很慶幸是柊來解救我。如果是其他人，我現在應該沒辦法如此冷靜。」

「夏生，你的意思是……」

「不知道……我不知道。悅子要搶走你的墜鍊時，我想著絕對不能交給她，不能讓我以外的其他人得到這條墜鍊。可是……」

——他不明白這是什麼心情。

這個回答連他自己都感到心煩，柊卻沒有動怒，反而面露喜色地將夏生緊擁入懷。

「現在這樣就夠了。只要你不討厭我，不抗拒我就好。」

「……那是絕對不可能的。因為如果沒有你，我不知道該怎麼活下去。」

此話絕不誇張。柊在眼前消失後，這十年來夏生每一天都思念著柊。如果沒有柊這個後盾在，他在這座小田牧村應該也很難度過安穩的生活。

柊的大手安撫似的撫著夏生的背。

「你只要留在這裡就好，什麼都不用做。」

「……這樣太寵我了吧……」

「沒關係，我就是想寵你。反正在今天審判結束、悅子他們被處刑前，我都不打算讓你走出家門。」

審判，處刑。

冰冷的話語讓夏生的脖子發寒，同時想起柊將和夫趕出門時，曾命令他把悅子關進牢裡，還不准治療她被毆打的臉頰。

這些懲罰對十五歲少女來說應該夠殘酷了，居然還要進行審判。小田牧村的審判機制應該是由村長兼任法官和檢察官，毫無公平性。盜竊神花畢竟是滔天大罪，就算是少女也會被判處重罰。

……不對，先不說這件事，悅子是如何取得神花的？

神花種在村長家的花壇中，雖然沒有上鎖，但那天是酒會，要躲過群聚的大批村民

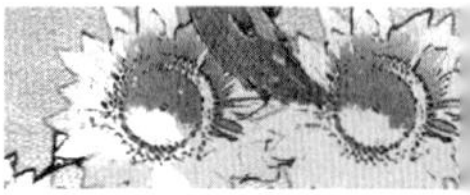

接近花壇應該難如登天，因為悅子是女性，無法參加酒會。

謎團不只這些。

「……柊。」

「怎麼了，夏生？」

「昨天你跟和夫為什麼會在那個時候跑來？」

因為兩人在吃完便當前就來救他了，夏生才只是被春藥的症狀折磨。

但他們怎麼會知道悅子打算讓夏生吃下摻了神花的便當？柊一直在村長家，無法掌握悅子的動向才對。

「……是和夫告訴我的。」

夏生緊盯著柊，透露出「你不回答我就不會罷休」的意思，柊最後認輸似地嘆了口氣。

「和夫？」

「對。因為悅子難得下廚，他就在一旁偷看，目擊到悅子將神花切碎放進鍋裡的畫面。」

全村的人都知道神花有毒。和夫擔心悅子因為太嫉妒夏生而想毒殺他，急忙跑去找正在參加酒會的柊，然後柊一回到家，就看見夏生因為春藥而苦……這就是事情的經過。

無法掙脫的夏天

得知悅子偷走神花、試圖毒害夏生的消息，酒會中的村民們全都像捅了蜂窩一樣，亂成一團。因為——

「從花壇偷走神花的人，是粕谷先生的兒子阿清。」

「……我記得他不是跟悅子談好婚事了嗎？」

「悅子似乎跟阿清說，只要阿清替她偷來神花，就考慮跟他結婚。阿清說悅子對他苦苦哀求，說只有一次也好，她想近距離看看苧環大人的花是什麼樣子。」

被愛情蒙蔽了雙眼的阿清毫不懷疑悅子的說詞，於是唆使愛管閒事的父親在酒會前去找夏生，趁機跑到花壇竊取神花。

他立刻將神花交給悅子後，若無其事地參加酒會，但得知夏生差點被殺時，阿清慌張失措，坦承自己偷了神花。現在他跟悅子被關進不同大牢，在等候判決。

「……所以昨天粕谷先生才會忽然上門啊……」

「不是昨天，夏生，是三天前。」

「咦……」

「我剛剛說過了吧？你被下毒後已經過了三天。」

——三天前，悅子讓你吃的便當裡摻入了神花的毒。

對，柊確實是這麼說的。可是三天？還以為這是一個晚上發生的事，實際上自己跟柊交纏了整整三天嗎？

「……唔……嗚……」

坐在柊腿上的姿勢讓夏生害羞到受不了，想要下來，臀部兩側卻被柊緊緊抓住。夏生隱約記得自己就是以這個體位被柊狠狠貫穿，柊一定也沒忘記。

「夏生……」

「唔呀、呀咿！」

柊揉捏著他的臀部並輕聲呢喃，讓夏生的聲音走了調。

他現在才發現因為自己被迫跨坐在柊緊實的腰間，所以大腿從敞開的浴衣下襬一覽無遺。被同性友人看見理應不會感到害羞，夏生的臉頰卻染成一片通紅，像要燒起來了。

……好奇怪……我好奇怪……！

是神花的毒素還沒完全解除嗎？連心臟都開始瘋狂跳動，都快爆炸了。再這樣下去、再這樣下去……

「你睡著的時候，我跟村長談過好幾次了……這件事讓村長大發雷霆，悅子和阿清應該會面臨最重的懲罰。」

「最重的懲罰……難道……」

「——就是死刑。」

夏生倒抽一口氣……死刑？原本的世界也有死刑，但那是犯下只能用性命抵償的滔天大罪才會如此判決。

「悅子跟阿清只是偷了神花、讓我吃下去而已，這樣就要判死刑……」

「只有你這麼想，其他村民……連悅子和阿清的父母都接受了這個結果，說試圖用苧環大人的恩賜殺人的罪，只能用性命來償還。」

「怎麼會……！」

柊讓面色鐵青的夏生躺回被褥，從廚房端來放著飯糰、熱茶和味噌湯的托盤。高湯的香氣讓夏生飢腸轆轆，想起自己這三天都沒吃東西。

「填飽肚子之後睡一覺吧。這段時間我要去協助審判。」

「我也要……」

「你不能去……我不想再讓你見到那些傢伙。」

夏生無所適從時，柊離開了寢室。

夏生急忙想追過去，被關上的紙拉門卻打不開，通往起居室的紙拉門也一樣，看來是用門閂從外側鎖住了。

……不會吧，我被關起來了？

一陣暈眩襲來，但也不能在這時乖乖躺在被窩裡。夏生明明活得好好的，比他年輕的兩個孩子卻被判處死刑，太讓人寢食難安了。

他當然對自己差點被殺害這件事十分憤怒，但若要贖罪，他希望用性命以外的方式。就算所有村民都同意死刑，只要夏生這個差點被殺的當事人請求減刑，或許就能免除他們的死刑。

吃著飯糰的夏生拚命動腦思考。雖然可以踹破紙拉門，但依照柊的個性，玄關和後門等處應該會從外側上鎖，外廊的玻璃門和遮雨門也都關著，有沒有其他能出去的地方……

「……唔……」

隱隱作痛的腦袋浮現某個模糊的畫面。

放著陳舊衣櫃的和室……是這間房間。全身赤裸只披著一件浴衣的夏生將衣櫥前方的榻榻米掀起，下方的地板釘早已鬆脫，可以輕鬆打開。半裸的夏生潛入敞開的洞穴，鑽到地板下……

「剛……剛剛那是什麼？」

夏生搖搖頭，畫面頓時飛散消失。一股強烈的緊張襲上心頭，夏生卻仍仿照畫面中的自己做出的行為。

「啊……！」

他果然不費吹灰之力就完全掀開了地板，他戰戰兢兢地往地板下看，發現深處有光源。

換上柊替他收在衣櫥裡的T恤和褲子後，夏生爬到地板下。沒穿鞋子走路會痛，但也無可奈何，因為他沒辦法去玄關。他在地上爬行，避開幾根支撐地板的短柱，往光源前進。

「……真的出來了……」

爬出來之後，來到外廊後方的庭院。久違的陽光很刺眼，夏生舉起手遮擋。

……剛剛那是什麼？

白日夢嗎——但是格外真實，簡直就像經歷過的記憶重回腦海……

「……不對，現在沒時間想這些了……！」

夏生將沾在身上各處的泥土拍掉，奔跑起來，目的地當然是村長家。他被柊帶去很多次，所以記得路線。

從太陽的位置來看，現在應該剛過中午。平常這個時間村民應該都在努力耕田，路上卻一個人也沒有，十分詭異。鴉雀無聲的村莊宛如野獸飢腸轆轆的胃袋，包圍村莊的霧牆不祥地陣陣蠕動，卻到處都不見人影。

「呼……呼、呼……」

所幸地面未經鋪設，夏生毫髮無傷地抵達村長家。四下無人，從外側看去，每扇窗

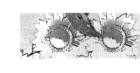

戶都緊閉著，卻能感受到非比尋常的熱度從厚實的牆壁滲出。

夏生調整呼吸，將手伸向嵌著玻璃的拉門。

——喀啦。

不如預想，門並沒上鎖，夏生便從輕鬆打開的門縫間鑽了進去。跟先前一樣昏暗的室內一個人也沒有，但夏生馬上就知道要往哪裡走了。

在外面也能感受到的熱氣，從走廊深處一路蔓延至此。這是和村長會面時，那個令人毛骨悚然的祭壇房間。

「嗚……」

夏生小心翼翼地不發出聲音，將畫有苧環圖案的紙拉門拉開一小縫，用手摀住口鼻。香甜的氣味和人們群聚的熱氣混在一起，如果不控制呼吸，可能會被這股氣味嗆昏。

和室中的紅色燈籠光芒搖曳，房裡擠滿了手持苧環的村民。除了幼童以外，可能所有村民都聚集在此了。

每個人都屏氣凝神地看著纏滿紅線的祭壇——坐在前方的村長，以及他身後手被綁住、跪坐在地的悅子和阿清。悅子依舊穿著三天前的那套衣服，臉頰有些腫，嘴裡咬著口塞。

……柊在哪裡？

他是代理村長，應該在村長身邊，此刻卻不見人影。夏生東張西望了一番，結果差點大叫出聲。釘滿整面牆的紙人全身被染得通紅，以前明明只有頭部是紅色的。

「……我將代替苧環大人做出裁決。」

被縫死的村長面具口中傳出嘶啞的嗓音。悅子跟阿清的背部竄過一陣緊張，村民們也默默地將身子往前傾。這座村子沒有電視和網路，或許連審判都是一種娛樂。

「澤田家的悅子、粕谷家的阿清，兩人皆處死刑。」

一如柊所料。聽見村長的宣判，坐在最前排的女性咚地昏倒在地。

和夫哭喪著臉、抱住女性喊了聲「媽媽」，那跪坐在那名倒地女性身旁、緊緊握著拳頭的人是悅子的父親嗎？其他村民都穿著普通的衣服，只有這三人和坐在阿清身後的粕谷穿得一身黑。

……那是代替喪服嗎？

「……我……我不能接受！」

跪在地上的阿清挺起身子大吼，粗魯地用下顎指向身旁的悅子。

「我是被這個女人騙了！要是知道她要用神花謀殺新來的漂流者，我絕對不會去偷花！」

「閉嘴，阿清！」

看到村長的右手顫了一下，粕谷衝出去一拳揍上阿清的側臉。被揍飛的阿清壓上悅子、倒在榻榻米上，卻立刻起身用布滿血絲的眼睛瞪著父親。

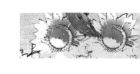

「爸，為什麼！你不疼愛兒子嗎……！」

「膽敢忤逆苧環大人的傢伙，不是我兒子！而且你口口聲聲說自己被騙，但盜取神花本身就是滔天大罪啊……！」

粕谷極其冷淡地這麼說，眼角卻泛著些許淚光。看到兒子受到悅子牽連、遭到判處死刑，他應該沒辦法坦然接受，但為了保護其他家人，他不得不和阿清切割。

「唔……呼、咕嗚嗚……」

被壓在阿清身下的悅子不斷呻吟。要是沒有口塞，她一定正大喊著自私的藉口。

不對，或許是她確實做過這種事，才會讓她咬著口塞。將原本梳理整齊的頭髮甩得亂七八糟、粗喘不已的模樣，跟三天前的她判若兩人。

「——有人對本裁決有異議嗎？」

村長詢問在場的村民，彷彿沒看到眼前的混亂場面。

和夫本想開口，但是父親拉住他，默默搖頭。安靜走回座位的粕谷也緊咬著顫抖的嘴脣。

「歸～去～來～兮～歸～去～來～兮～」

老一輩的村民吟唱歌謠，晃動苧環。

「反反覆覆～周而復始～永不止息～」

剩下的村民也紛紛唱和，緩緩搖晃苧環。只有悅子的父母、和夫跟粕谷沒加入。

彷彿要將低著頭的他們逼入絕境，在和室中迴響的神祕歌謠越來越大聲。釘在牆上的那些紙人通紅的身體開始微微顫動。

——赤紅、鮮紅。

一切都被染成鮮紅色。

「偉～哉～苧環大人～神恩浩蕩～」

留下揮之不去的餘韻，歌謠告一段落。村長舉起右手，坐在最前排的兩名年輕男村民默默地走上前。

「唔唔唔！唔唔～！」

「不、不要、不要！誰、誰來救救我啊！」

兩位村民絲毫不顧兩人的抵抗，分別將繩子套到悅子和阿清的脖子上。長長的繩子即使繞了脖子好幾圈，仍留下約莫兩公尺的長度。

……那是……什麼啊？那簡直就像……

顫抖的氣息從摀著嘴的指縫間洩漏而出。兩位村民拿著繩子前端站起身，村民們就像退潮一般靠到和室的兩側，一名年邁的女村民在和室正中間的空位攤開草蓆。

跟村長會面時因為太緊張而沒發現，但草蓆上方有個通風用的格窗，但奇怪的是，格窗只剩下窗框，變成一個長方形的洞。窗框底部有些磨損，是彷彿有物體摩擦過的漆黑痕跡。

兩位村民逼迫悅子和阿清站起來，將他們拉到格窗下。之後把繩子前端穿過長方形的洞，穿到另一側。

「行刑吧。」

村長簡短地一聲令下，悅子的父母、和夫跟粕谷搖晃不穩地走到拿著繩子的村民身邊。悅子的母親好不容易才恢復意識，但感覺隨時都會昏倒，紅著眼的和夫與父親則攙扶著她。

「啊……」

夏生發出僵硬的低吟聲……他希望是自己猜錯了。就算這裡是原本世界的常識不通用的異界，但也不可能做得這麼絕。

可是……

「歸～去～來～兮～歸～去～來～兮～」

兩位村民吟唱著歌謠，將繩子前端交出去。悅子的父母跟和夫拿著悅子的繩子，粕谷則拿著阿清的繩子。

「反反覆覆～周而復始～永不止息～」

有位白髮老人走上前，跟粕谷一起握住阿清的繩子。由於長相相似，或許是阿清的血親。看到粕谷對自己行注目禮，老人搖搖頭，表示別放在心上。

「偉～哉～苧環大人～神恩浩蕩～」

拿著繩子的所有人唱完歌謠後，雙手用力一拉。

從另一側被用力拉扯的繩子，深深陷入悅子和阿清毫無防備的脖子，緩緩將兩人往上吊起。穿過繩子的格窗發出毛骨悚然的吱嘎聲。

……真的是絞刑啊！

「住手啊啊啊啊啊！」

夏生發出慘叫，踢破紙拉門。

搖著苧環的村民們一起轉頭看來。夏生忍受著從四面八方刺來的視線，用手推開村民，跑到村長面前。

「馬上停止！再怎麼說，這樣做都太過分了……！」

光是死刑就夠殘忍了，偏偏還要在村民的圍觀下被家人親手執行絞刑。雖然不知道這是不是苧環大人的教義，但是這不正常。

「……是漂流者……」

「還活著……他真的得救了啊……」

「他明明中了神花的毒才對……」

竊竊私語的村民們恐怕不知道少量的神花會誘發春藥的效果。柊也說過，包含村長在內，只有極少數人知道這個事實。或許他們對夏生得救這件事也是半信半疑。

「……你想阻止嗎？」

見到闖入者，村長文風不動。

黑暗盤旋在被縫死的面具眼窩後方，完全無法分辨情緒。如果柊這時候在身邊——夏生鞭笞就要示弱的自己，並點點頭。

「我還像這樣活著，我不希望那兩位用命來償還。」

「……夏哥……」

一道細微的低語聲傳來。夏生轉過頭，隔著肩膀與泫然欲泣的和夫四目相交。用眼神向和夫表示「別擔心」後，夏生轉頭看向村長。

「我當然無意忤逆這個村子的規矩……忤逆苧環大人。但如果要懲罰，也可以從輕量刑才對吧？」

「……竊取神花者一律死刑，這是苧環大人的神意，誰也無法推翻。你是在苧環大人的引導下被召喚至此的人，卻想違抗神意嗎？」

面具下的那張嘴說道，話語流暢到令人出乎意料。低沉的聲音嘶啞卻充滿威嚴，原以為村長是像祖父母的高齡者，但可能更年輕一些。

「喔喔……他居然頂撞苧環大人，太恐怖了……」

「柊有好好教育他嗎？」

「難道是中了神花的毒，瘋了嗎……」

村民們刺耳的議論聲，讓現場甜膩成熟的空氣翻騰。

這股氣味應該源自於……裝飾在祭壇上的神花吧。和村長會面時，它應該沒有散發出如此強烈的味道才對。

……柊……！

夏生感到一陣暈眩，從T恤上方緊緊握住那條墜鍊，堅硬冰涼的觸感將有些模糊的意識拉回來。

……快想，快想想啊，該怎麼做才能讓那兩人免於一死？

柊在這時候會怎麼做？夏生拚命動腦思考的同時，手裡摸著那條墜鍊。想著想著，他忽然靈光一閃。

……對了，既然苧環大人的神意是第一優先……

「——我這麼做不是違抗神意，而是遵從。」

夏生放開墜鍊，直盯著村長。村民們吵嚷起來，村長在面具下——好像瞪大了雙眼。

「遵從神意？」

「我被欺騙、吃下帶有劇毒的神花卻活了下來，一定是因為苧環大人不希望我死……換句話說我現在像這樣活著，不就是苧環大人的神意嗎？」

村長不發一語，村民卻發出「喔喔……」的譁然聲，感覺大家的反應比剛才友善許多。「苧環大人的神意」果然就是煽動村民的關鍵。

「承蒙苧環大人的神意得以倖存的我，不希望那兩人喪命。這也可以說是苧環大人的神意吧？」

「…………」

村長一定聽柊報告過了吧。夏生攝取了少量的神花毒素，受到春藥症狀所苦，絕對沒有遇到生命危險。

但村長應該沒辦法在這裡說出真相。畢竟神花有春藥效果這件事，是只有村長和少數人知道的機密事項。

「……嗚嗚……咕……」

「嗯……嗚嗚……」

身後傳來的痛苦呻吟激起夏生的焦躁。在等待回答的期間，悅子和阿清依舊緩緩被吊到空中，雙腳已經完全離開地面……

「——有道理。」

在村長說出這句話之前，大概過了不到一分鐘。

但對夏生來說相當於數十分鐘或數小時。對必須親手絞殺至親的那些家屬、悅子和阿清來說，感覺一定更漫長。

「身為苧環大人的祭司，我必須體察神意，但同時，他們還是得彌補用神花謀殺他人未遂的罪過。」

「……那麼……？」

不只夏生，在場的所有人都屏氣凝神。

村長舉手一揮，疊了好幾層的和服袖口翻飛，他手裡握著纏著紅線的苧環，但比村民們手中的小了一圈。

他用苧環前端指著被宣判死刑的兩人。

「依循神意，中止死刑。」

「啊……啊啊、啊啊啊！」

悅子的家人、粕谷和那位男性親戚發出含淚的歡呼聲。

所有人同時放開繩子，脖子上依舊套著繩子的悅子和阿清從上吊狀態解脫。兩人重重地摔在草蓆上，雙方家屬也哭著抱緊他們。

「相對的，我命令澤田家的悅子和倉林家的阿誠結婚，粕谷家的阿清往後十年改服勞役。」

「……唔！」

村長接著宣告新的判決。被母親抱起來的悅子厭惡地將臉皺成一團。

所謂的勞役，應該是無償為村子工作吧。這座村子雖然一成不變，但意外地有很多修繕受損民宅、整頓山林或驅逐害獸等該做的工作要做。這十年必須放下自己的生活、專心做這些事，對年輕的阿清來說是重罰，但還是比丟掉小命好得多，所以阿清和粕谷都流下了喜悅的淚水。

……但怎麼會用結婚代替死刑呢？

村長在想什麼？這個答案很快就水落石出了。在村長的催促下，倉林家的阿誠來到悅子身旁。

「承蒙神恩。」

倉林感激地叩拜村長。他的頭頂半禿，腦滿腸肥的模樣以小田牧村的村民來說相當罕見。乍看之下，年紀可能比悅子大了一輪，搞不好相差超過二十歲。那張油亮好色的臉讓人連想到青蛙，跟柊可謂天壤之別。

「澤田家悅子的那種姿色，居然要跟倉林那個種馬湊成對。」

「總比死了好吧。倉林應該每年都會讓她生下孩子。」

附近的女性們竊竊私語。倉林這個男人跟去世的妻子生了五個孩子，似乎還想要討個新老婆。

村長將悅子許配給年輕女孩們避之唯恐不及的男人。無法和思慕已久的柊結為連理，還被許配給有孩子的年長男人，在某種意義上，這個處罰對悅子而言可能比死還難受。

「村長……感謝您。」

「非常感謝您……！」

悅子和阿清的家人為平安獲救開心了一會兒後，跪在村長面前道謝。和夫將低下的頭微微轉向夏生，對他拋出感謝的眼神。

……太、太好了……！

緊繃至極的身體頓時放鬆下來。如果失敗，剛才就得眼睜睜地看著悅子跟阿清被吊死了。

村長瞥了一眼癱坐在地的夏生。

「你們應該跟那個人道謝，我只是遵循神意罷了。」

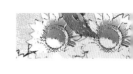

「非……非常感謝您！」

悅子的父母、和夫、粕谷和那位男親戚都轉向夏生，將頭貼在榻榻米上。這是夏生有生以來第一次被他人下跪道謝，他本來就覺得無地自容了，看到村民們變得更加熱情的眼神，不禁感到困惑。

……這些人是怎麼回事？剛剛明明表現出「你這混帳外人！」的態度。

被瘋狂道謝的夏生沒有發現。

被倉林牽著手的悅子，拋來充滿殺氣的目光。

審判結束後，村民們紛紛返家。阿清也被粕谷帶回家，似乎明天就要馬上開始服勞役。

在做好嫁入倉林家的準備前，悅子將被關在牢裡。審判前的牢房是用來關押罪犯的狹窄單人牢房，這次她則被移送到村長家別屋的監禁室。從外側上鎖，嚴禁外出或和監視者以外的人見面。

但只要得到村長的許可就能送東西進去，所以跟單人牢房相比應該是天堂。出嫁的準備會由母親處理，悅子將直接從牢房嫁入倉林家，再也無法回到娘家——這件事是某位中年女性村民回家前告訴夏生的。

「……感覺有點可憐……」

「你在胡說什麼啊？那個囂張的丫頭哪配得上這種施捨。」

「沒錯沒錯，她那條小命可是苧環大人的使者救下來的。」

女性喋喋不休地說著，跟她一起來的老嫗也不停點頭同意。

……苧環大人的使者？

還來不及確認她們說的是誰，畫有苧環圖案的紙拉門被打開，柊從中現身。看到他焦躁不安的表情，女性和老嫗識趣地露出曖昧的笑容離開現場。

「柊……」

「夏生！……夏生！」

夏生還沒喊出名字，柊的修長手臂就如繩索一般環住他。被緊緊擁入懷中的夏生難受地掙扎，柊卻不肯鬆手，反而將他抱得更緊，彷彿不願讓他逃跑。

「……聽到你出現在審判現場……我的心臟都要停了……」

「對……對不起。可是我實在沒辦法置之不理……」

明明被用力擁抱到全身發出哀號聲，十分難受，隔著浴衣傳來的體溫和心跳聲卻讓夏生無比心安。

全身的緊繃感逐漸緩解，夏生體會到自己剛才有多緊張。這麼說來，短短一小時前，自己還在睡夢中，在那之前則是跟柊……

「……唔……啊……」

「夏生？……你不舒服嗎？」

「沒、沒有，我沒事，沒事。」

自己的臉頰應該染成一片通紅，夏生難為情地用力搖頭。竟然在這種時候回想起和柊太過濃烈的纏綿畫面，這件事絕對說不出口。

「那個……柊，你剛剛在哪裡？」

「我在村長的房間裡待命，畢竟我只是代理村長。在審判這種只有村長能執行的儀式上，我不能對外露面。」

夏生第一次和村長會面時，柊沒有一同出席或許也是這個原因。如果審判時柊也在現場的話——一想像那個畫面，夏生頓時臉色鐵青。

「……對不起，柊。」

「怎麼了……？」

「我……剛才可能會讓你遇到十分可怕的處罰……！」

夏生躲過神花毒素倖存是苧環大人的神意，所以夏生希望悅子和阿清活下來的願望也是神意。身為苧環大人祭司的村長接受了他的說法，這個理論才得以成立。如果夏生的主張被認定為忤逆神意，因而受罰，那奉命照顧夏生的柊可能也會受到牽連。

光是竊取神花就會被判處死刑，那忤逆神意的罪——

『歸～去～來～兮～歸～去～來～兮～』

男女老少混雜在一起的歌聲，如小蟲子的振翅聲般在腦海中迴響。

纏在脖子上的繩索、被吊到半空中的身體……

「對不……嗯……柊、對不起……」

「……夏生……」

「要……要是你死了，我……！」

不久前自己還幹勁十足地心想「只有我能救悅子和阿清」，現在他真想回去揍自己一頓。柊會把夏生關在家裡，一定是料想到帶他過去的話，夏生肯定會對審判結果有意見……可能會危害到柊自己。

夏生不後悔救了那兩人，可是……要是柊因此喪命……！

「……我的心情也和你一樣。」

柊發出低沉、寵溺，卻含著狂熱之情的呢喃。夏生赫然抬起頭的瞬間，整顆心都被那雙綠色眼眸緊緊束縛住。

「聽和夫說你可能誤食神花的時候，我也跟現在的你一樣渾身發抖。腦海中只有最糟的想像，心臟就快壞掉了……看到你還活著的瞬間，安心的情緒和對悅子的怒氣差點把我逼瘋。」

「……柊……」

「如果你死了，我會當場殺了悅子……不對，就算你平安無事，我也會殺了她。那丫頭能苟活到今天的這場審判，是因為你向我求救。」

柊的綠色眼眸深沉，彷彿想讓夏生溺於其中。

「所以今天我真的不想帶你過來。因為要是我看到你跟悅子待在同一個空間，這次我一定會殺了她。」

「……不是擔心我干涉審判的話，你會受罰嗎？」

「受罰？……那根本無所謂，我不會放過威脅到你的一切，除非親手葬送他們，否則我不會善罷甘休。」

柊說的話明明駭人至極，輕撫背部的手卻又溫柔無比。

……簡直就像結界。

釘滿鮮紅紙人的牆、仍掛著繩子的格窗、纏著紅線的祭壇、含有劇毒的神花、在天花板搖曳的燈籠紅光。

無法掙脫的夏天

這間房裡充斥著煽動不安情緒的物品，唯有柊的懷抱如此安穩。

「夏生……求求你，別離開我。」

柊顫著聲音，將臉埋入夏生的頸邊，撲上來的炙熱氣息讓夏生怦然心動。

「漂流到這座村子後……如果終生都見不到你，我還能放棄。可是你來了……所以我沒辦法徹底放棄。」

「柊……我……」

「我知道你對原本的世界仍有留戀，也知道沒辦法輕易死心，但我真的只有你了——不論是在這座村子，還是原本的世界。」

沒這回事——夏生無法如此反駁。柊在八歲的時候，就已經認清父母都不希望自己回去了。

而且被夏生害得誤闖異界後，他又苦苦等了夏生好多年。夏生明明不認得十年沒見的柊，柊卻一眼就認出他了。

柊打算交給重要之人的那條墜鍊，夏生不想交給悅子……不，是不想交給任何人。因為他希望自己是柊心中唯一重要的存在，不允許其他人被柊抱……

神花的甜美香氣漸漸溶解沉積在心中的情感，比如理性、遲疑和困惑。

光是想到自己可能會失去柊，夏生就要窒息了。如果想永遠被這雙手臂和溫暖包裹住的心思，跟柊的心意相同，那……

「我……一定也喜歡柊。」

「……唔！」

聽到夏生自然脫口而出的呢喃，柊猛地抬起頭，抓住夏生的肩膀。因為力道過猛，頭隨之搖來晃去的夏生一臉慌張，柊卻不顧他的反應，將帶著期待與緊張的臉龐湊近。

「你剛剛說的……是真的嗎……？」

「啊……柊……」

「告訴我是真的。說你也、喜歡我……夏生……」

柊放開他的肩膀，後退了一步。默默伸向夏生的大手骨節分明，跟過去的兒時玩伴截然不同。

——我想要一輩子這樣，永遠永遠跟夏生在一起，為此就算要去異界也無所謂。

但只渴求夏生的那雙綠色眼眸，跟十年前完全一樣。不管是那個時候還是此時此刻，柊的心願就只有和夏生在一起。

……是啊，沒錯。

理解的瞬間，腦海裡的霧靄逐漸散去……他一直不懂，吉川的遺體浮出沼澤時，明明有那麼多採訪記者和圍觀者湧進日無山，為什麼只有自己闖進這座村子？

……是為了再牽起這隻手啊。

為了再次握緊十年前放開的這隻手，這一次絕對不讓柊離開，夏生才會被招來這座村子。

「……喜歡……」

夏生將柊的手拉向自己，緊抱在胸前，十年來不斷苛責自己的那道創傷頓時痊癒……別擔心，我絕對不會再放開你了。

「我也、喜歡你，柊……」

「……唔……夏生……！」

在皺起的臉龐即將掉下眼淚之前，柊用一隻手攬過夏生。臀瓣被柊淫靡地撫摸著，夏生仰起頭來，因為他知道柊想要什麼。

……可以喔，我會接受你的一切。只要是你想做的事，我都會全盤接受。

「嗯……唔……」

柊似乎聽見了夏生的心聲，他啃咬似的吻上夏生的唇並貪婪地舔舐，夏生也毫不猶豫地張開嘴，主動纏住柊立刻竄進嘴裡的舌頭。

「……呼……嗯……」

不斷被磨蹭的浴衣胯下早已滾燙挺立。因為柊不斷揉捏他的臀瓣，夏生動彈不得，渾身上下都被柊的熱情灼燒。
爬上臀部的手從腰部入侵褲子，鑽進內褲。這三天來摸透夏生身體的指尖探入臀縫，立刻找到了花蕾。
「嗯唔唔……！」
手指插進內部的同時，滾燙的胯下也不停被摩擦。柊用黏滑的舌頭舔舐夏生的上顎，夏生發出呻吟的同時，無法完全吞下喉的唾液從嘴角流淌而下。
……啊、啊……要是被這樣玩弄……
明明還穿著衣服，夏生卻不禁想起吞食過無數次的柊的男根有多麼威猛。連根部都深深插入，粗魯地抽送，肉壁都快被磨破了，還在顫動的甬道裡噴濺出大量精液……
「……唔！」
插進內部的手指一挖刮到肚子裡類似凸瘤的部位，彷彿有股電流竄遍全身。柊毫不費力地扶住差點站不住的夏生，讓他整個人躺在榻榻米上。
「……啊……剛剛……那是什麼……」
夏生水潤的嘴唇微微顫動，柊依舊不停攪動著埋在肚子裡的手指，並低語道。
「是你的敏感點。」
「敏感……點？」

「沒錯……每次我的頂到這裡，你都會像小貓咪一樣呻吟，搖著屁股哀求我給你更多。」

柊用愉悅的語氣這麼說，夏生卻一點印象也沒有。

……但是身體還記得。當時柊執拗地不斷頂入沾滿大量精液的甬道，夏生叫到喉嚨都啞了。

「啊……嗯、啊、啊啊、啊……」

眼角餘光忽然看見釘滿整面牆的紅色紙人。這裡不是他們的家，而是村長家，要是被其他人……被村長撞見就糟了。明知如此，夏生卻止不住源源湧出的嬌喘聲。就算緊夾著柊的手指，希望他停下動作，柊也只是愉悅地勾起嘴角。

「多讓我聽聽，夏生。」

「……啊……什……什麼……」

「讓我聽你的聲音，還有你的肚子含著我時發出的咕啾聲……三天前我跟你都失去理智，根本沒心思管這些……」

柊抽出在後穴抽送的手指，拿在夏生眼前。柊的手指已經溼透了，是因為他在插進來之前用唾液沾溼過嗎？看到那種閃爍的下流光澤，夏生的腰隱隱作痛。

「嗯……」

夏生毫不猶豫地將嘴唇湊近剛剛還在自己體內的手指，用舌頭從手指根部往上舔，讓手指沾滿唾液，卻又立刻覺得這樣不夠，用整張嘴含住手指。

……明明不能這樣，明明不知道村長何時會出現。

心中湧現些微抗拒，卻被帶著強烈光芒的綠色雙眸徹底奪走心神。

夏生反倒萌生了優越感。只是含舔手指就能讓這個男人興奮的人，一定只有自己——

「啊……」

柊忽然抽出手指，夏生驚呼一聲，就像嘴裡含著的糖果被搶走的孩子。柊嚥了口唾液，並將夏生的手拉到褲子腰帶處。

「脫吧，夏生。」

「……咦……可是……」

真的要直接在這裡做嗎？夏生感到困惑，柊便用健壯的手臂困住他。

「別擔心，我會幫你擋住的。」

「擋住……」

「這樣就沒人能看到你淫蕩的模樣了……只有我看到。」

所以讓我看看吧——柊在耳邊如此哀求，夏生再也無法違抗。

從凌亂的浴衣中隱約可見隆起的肌肉，夏生看得入迷，同時將內褲連同褲子往下脫。

脫到膝蓋處時不經意卡住，讓夏生有些驚慌失措，但他彎起腳，想盡辦法脫了下來。將纏在一起的褲子和內褲踢到一邊後，柊再次將手指伸入裸露的臀縫。

「……啊啊啊！」

長驅直入的手指頂弄到剛剛的突起處，不斷打圈搔刮，讓夏生弓起身子。眼前迸射出無數火光又消失，沸騰的血液逐漸匯聚到胯下。

「……你勃起了呢。」

柊吐出興奮的呢喃時，夏生還以為他在調侃自己的性器。因為明明完全沒有碰觸，性器卻帶著熱度，不斷顫動。

但柊的目光直盯著夏生的胸口。夏生疑惑地往下看，嚇了一跳，因為在T恤的單薄布料上浮現出兩個微小的突起。

「屁股被手指抽插時，胸部也會有感覺啊。」

「不……不是……」

「再讓我看清楚一點，讓我看看你舒服的樣子……」

綠色眼眸閃爍著妖異的光芒。跟柊眼眸同色的祖母綠雖然有抵禦邪物的效果，但可能反而是自己身上會帶著妖氣……因為被那雙眼睛央求後，身體擅自動起來了。

「……啊啊……」

夏生用顫抖的手掀起T恤下襬時，柊發出感嘆聲，夏生卻害羞得不得了。因為夏生的兩顆乳頭都變成前所未見的濃豔色澤，鼓起且前端堅挺，簡直就像在吸引觀看者的視線。

「……怎麼會……怎麼會這樣……」

夏生眼中泛著淚，柊輕吻他的臉頰安撫。

「看來你的身體記得我呢，夏生。」

「記得……你？」

「因為你被神花弄得神智不清時，我一直吸吮你的乳頭。那時我不停輪流吸舔，你甚至哭著求我停下來。」

「怎麼……要這樣……」

夏生發出抽泣聲，柊的纖長手指則在他肚子裡不停攪動。壓迫感比剛才還強烈，夏生感覺到性器滴下透明的液體。

……啊……手指、增加了……

不看也知道手指變成了兩隻，是那裡完全接納了柊手指的證據。這讓當時的記憶——柊安撫地說「我馬上讓你吞下更濃的精液」，用細長的手指挖出冒泡的精液，而自己趴在地上，搖著屁股哀求「快點插進來」的記憶又重回腦海。

「因為我想把自己刻印在你的身體啊。」

「咿呀……啊、那裡……不行……」

「就算我不在你身邊，你也會玩弄自己來想起我……」

柊用兩根手指搔刮突起處，讓夏生腦袋一片空白，顫抖著弓起身子。柊一口咬住變得堅挺的乳頭。

「……啊……啊啊啊啊〜〜〜……唔……！」

小巧肉粒被牙齒輕輕啃咬的瞬間，夏生被推向高潮，硬挺的陰莖也不停顫抖，吐出白液，濺到柊的浴衣上，弄得髒兮兮的。神花的甜蜜氣味和精液的腥羶味混合在一起。

「啊……我……我……居然……」

柊明明還沒碰觸到他的性器，只是愛撫臀部和胸部就讓他高潮了。在短短三天內，自己的身體被改造到什麼程度？跟柊做這種事之前，自己從來沒和其他人發生過關係啊。

「……啊啊……好可愛……我的夏生……」

柊用手指撥開顫動的甬道，連同淡橘色的乳暈吸吮乳頭。配合頭部的動作，圈住身體的手臂漸漸往下移，終於隔著柊的頭，看見了後方的祭壇。

「咿……！」

因炙熱而溼潤的眼睛一看到裝飾在祭壇上的大量神花，背脊就竄過一股寒意。是因為自己曾被那種花的毒素折磨過嗎？不，不對。

「……好、可怕……」

可能是察覺到了異狀，柊含著乳頭，只抬起視線。

夏生伸出顫抖不已的手臂，將柊的頭抱在胸前，將臉埋進柊有些凌亂的髮絲，緊緊夾住肚子裡的手指。

「求求你，柊……只讓我感受到你。」

抱在懷裡的頭一顫。

「讓我沒辦法思考除了你以外的事……快點、進來……」

——我的裡面，快點進來。

夏生還沒說完，柊就放開雙唇，嘴邊牽出一絲黏稠的唾液。被泛著精光的綠色眼眸貫穿，夏生心中感到甜蜜的躁動，同時也理解該怎麼做才能讓柊實現自己的願望。

「……啊……嗯……」

夏生蹲下身，慢慢低下頭時，體內緊夾著的手指被抽出來，花蕾飢渴地頻頻顫動，夏生往下滑到腰部附近，將柊的浴衣掀開。

柊的男根早已激昂挺立，高高撐起內褲。夏生不假思索地脫去被濡溼的內褲，並將嘴脣貼上一獲得解放就往上彈起的昂首性器。濃郁的成熟男性氣味，讓夏生空蕩蕩的肚子發麻。

「嗯……唔……」

夏生用雙手捧住滾燙沉重的肉刃，緩緩將滲出汁液的前端放進嘴裡。碩大的男根和夏生的無法相比，夏生的嘴巴無法完全含入，但光是看到男根塞滿夏生的嘴，就能讓柊亢奮了。夏生知道自己用小嘴吞吐堅挺粗物的模樣，能更加刺激柊的性欲。

……不對，他想起來了。被神花毒素控制的時候，自己也像這樣含過柊的胯下。

「……嗯、嗯、嗯……」

夏生的頭上下移動，辛勤地讓含在嘴裡的前端頂入喉嚨深處。

鼓脹到極限的男根將嘴裡填滿至毫無縫隙，讓夏生快喘不過氣，但這種感覺也帶來了喜悅與快感。因為像這樣被柊的魁梧身軀圈住，就看不到神花、被紅線纏繞的祭壇和牆上的紙人……這些令人不安的東西了。

「……夏生……看著我……」

夏生忘我地含弄著粗大男根時，柊輕撫他的後腦杓。

夏生只想抬起視線，腰肢卻微微顫抖，因為變換角度的性器前端摩擦到了喉嚨深處。

「……呼~……嗯唔……」

原本應該變頹軟的性器發出「滴答」一聲，流出某種液體。他知道這不是精液，而是太過舒服時會流出來的液體。因為之前夏生的身體已經被調教成光是含著柊的分身，就會像女人一樣達到乾高潮。

……之前？之前是什麼時候？

忽然出現的疑問，在被那雙內含鋒芒的綠色眼眸緊緊盯住時煙消雲散。這是他第二次和柊親密交纏，「之前」當然是被神花毒素侵蝕的那一次。

「……被我頂進喉嚨就高潮了嗎？」

柊輕撫著夏生到處亂翹的髮絲，像在稱讚他做得很好。

「呼……嗯……」

——沒錯，沒射出精液就高潮了，感覺比自己來的時候舒服好幾倍。

所以快點把滾燙的精液給我——夏生努力套弄依舊挺立的分身哀求。喉嚨深處像花蕾一樣不停顫抖蠕動，苦等著大量精液灌入其中的那一刻。這個身體已受過調教，知道和甬道一樣敏感的黏膜被滾燙液體灼燒的快感。

「……夏生……你……」

聽到柊隱忍的呻吟聲，輕撫著後腦杓的手同時用力將夏生的臉壓向胯下。男根用力搔刮過比自己含舔時更深的深處，凌駕於窒息之上的快感快讓夏生的腦袋燒壞了。

「好可愛……太可愛了……」

「唔……唔唔、嗯、嗯、嗯～」

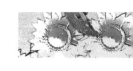

「……快點、被我填滿吧，讓其他人都沒辦法進入你體內……！」

柊用力挺出腰肢，夏生也拚命攀著柊的大腿，隨後鼓脹到極限的男根在喉嚨最深處狠狠顫了一下。

……啊啊啊……柊的、柊的……！

夏生一臉恍惚地接下柊釋放的大量黏液，喉嚨不斷發出咕嚕聲，彷彿吃得津津有味。

「唔……嗯……」

即使射精完，夏生也沒鬆開吸吮男根的唇，沉浸在精液流入肚子裡的餘韻中，而柊催促般地揉亂他的頭髮。其實夏生想就這樣再喝下精液一次，卻還是乖乖放開男根，仰面躺下，主動高高抱起雙腿，甚至碰到胸口，好讓柊清楚看見自己渴求粗物的花蕾。

「……啊……快……點……」

他連一秒都無法忍受身體裡不能沒有柊。要是不讓他填滿空蕩蕩的肚子，夏生就會死掉。

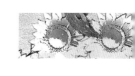

「馬上就給你，等著吧。」

看到含淚哀求的夏生，柊露出苦笑，並解開腰帶，脫下浴衣和內褲。

柊毫不吝嗇地展現滿是精壯肌肉的赤裸身體，用一隻手握住自己的男根。只是輕輕套弄幾下，剛侵犯過夏生喉嚨的肉刃又立刻充血，高昂朝天。看到這個畫面，夏生再也忍不住了。

「柊……柊、柊！」

「啊啊……夏生……」

「啊……啊啊啊啊～～～～……！」

一口氣將分身連根吞入的瞬間，夏生的陰莖前端又噴濺出透明液體，量多到讓他擔心自己是不是失禁了。大量液體不只弄髒了柊的胸口，也濺到夏生的臉頰。

「哈啊……啊……夏生、夏生……！」

柊如夢囈般不斷呢喃著「喜歡你」、「我愛你」，同時激烈地擺動腰肢。

每次挺進，嬌小的身軀就會被往上抬，夏生忍不住緊緊抱住柊粗壯的脖子，用毫無拘束的雙腿纏上柊的後背。

「……我也是……柊……」

夏生的身體不停隨之搖晃，背部摩擦著榻榻米，宛如被扔進暴風雨海面的一艘小船。要是不緊緊抓住柊，就會被扔進波濤洶湧的大海中……但帶來暴風雨的明明不是別人，正是柊。

「喜歡你……我愛你，柊……」

「夏生……夏生！」

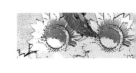

始終濃烈的神花香氣、釘滿整面牆的紅色紙人與沉悶的空氣，夏生都不再害怕了。

——因為夏生和柊的身心靈都合而為一了。

合而為一。

這個心願終於成真了。

但這次我到最後一刻都不能鬆懈，因為夏生似乎也繼承了一些過去的記憶。

我想要的不是只有夏生的肉體。

——我絕對不會重蹈那些傢伙的覆轍。

「這樣……可以吧？」

夏生穿著從日無山誤闖異界時的同套衣服，盯著洗手臺的鏡子看。

他把臉洗乾淨，也刷了牙，連睡醒時翹得亂七八糟的頭髮也想盡辦法整理好了。他轉了一圈，服裝也相當整齊。

「你要確認多少次啊？」

無法掙脫的夏天

鏡中，靠在玻璃門上的柊笑了。看到已經花了十五分鐘檢查儀容的夏生，他可能覺得很好笑吧。

「不用這麼緊張，村長不是會拘泥於無聊禮節的人。」

「或許吧，可是……那個，這是要去取得結婚的許可吧？怎麼可能不緊張啊。」

夏生的眉毛不由自主地垂了下來。等一下夏生必須去村長家，請村長同意他跟柊的婚事。

『夏生——跟我結婚，成為我唯一的伴侶吧。』

五天前，在村長家交纏無數次後，柊向夏生求婚，當時夏生心想絕對不可能。夏生當然不敢想像和柊以外的人結婚，也覺得很開心，但他們都是男人。

但柊的說法是，只要得到村長同意，同性婚姻也能獲得認可，因為村長同意就等於苧環大人同意。而且柊很確定村長一定會同意他們的婚事，因為——

『因為你是苧環大人的使者。』

『什麼……？』

柊說，夏生沒有因為神花的毒性而喪命，所以村民們似乎不知不覺間開始相信夏生得到了苧環大人的庇護……即為苧環大人的使者，並加以崇拜。柊是代理村長，夏生是苧環大人的使者，所以不會有人對他們的婚姻有異議。沒錯，即使是村長也一樣。

……苧環大人的使者……這麼說來，審判結束後，確實有位老婆婆這樣稱呼他……！

說到神明使者，就像天使一樣吧。格外閃亮耀眼，頭上頂著光圈，背上還有雪白羽翼。但他明明只是運氣好沒被毒死而已，普通男大生怎麼可能會是天使。

「你還在在意這件事啊？」

柊站在夏生的正後方，從身後用雙臂輕輕環抱他。鏡中那張俊秀的臉龐，從五天前就一直是心蕩神馳的模樣。

「我說過了吧？你是我的天使，所以挺起胸膛就好。」

「……真虧你能說出這麼令人害羞的臺詞……」

夏生頓時面紅耳赤。久別重逢後，柊就對夏生百般寵溺，但如今心意相通後，柊的寵溺更是變本加厲，讓夏生這個戀愛新手無比困惑。普通情侶都會像這樣，逮到機會就談情說愛嗎？

夏生一開始自問自答，柊就輕輕含住夏生的耳朵，比過去更加深邃的綠色眼眸蘊含著妖異的光芒。

「我明明只是在陳述事實，為什麼會覺得難為情？」

「……柊……」

「世上沒有存在比你更適合天使這個形容了。可愛、純粹、耀眼又惹人憐愛，令人想把你永遠鎖在懷裡……」

柊熟練地將手鑽進夏生的上衣衣襬，撫過赤裸的胸部，不出幾秒就找到乳頭，正想用指尖狠狠揉捏時，夏生從上衣上方拍了一下惡作劇的手。

「就……就跟你說不能這樣了！要是打破和村長的約定，就吃不完兜著走了吧？」

「不能哪樣？」

「……咦……」

「我說，你說的這樣是哪樣？我聽不太懂，能不能告訴我？」

柊往夏生毫無防備的脖子吸吮一口，夏生衣服下的肌膚開始微微發熱。柊輕鬆撐住他搖晃的身子，鏡中的雙眸閃爍著甜蜜的光芒。

「……就、就是說這些害羞的話，還有不分時間場合摸我啦……」

被柊健壯修長的身軀抱個滿懷，夏生被迫認清自己有多嬌小。但他越是掙扎抵抗要柊鬆手，柊就越寵溺地抱緊他。

「我只是不想離開夏生而已。」

「……我哪會……離開你啊……」

沒錯，至少從五天前開始，柊和夏生就片刻不離了。柊處理代理村長的工作時，夏生一定會隨行，回到家除了吃飯時間以外，他們都在纏綿。

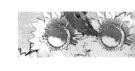

……不對，吃飯時也是……

夏生想起昨天晚餐吃到一半，正在吃燉菜時忽然被抱到柊的腿上，在說話的期間下半身就被脫個精光，被凶猛男根貫穿的事。聽到柊給出「你咀嚼的樣子太誘人了，我把持不住」這個解釋時，晚餐都已經涼了，而夏生全身沾滿精液，樣子悽慘到沒辦法自己撐起身子。

柊與夏生相連著把他帶進浴室，泡在浴缸裡又抱了他好幾次，把他放到被褥上之後也不停纏綿，今天早上自己能像平常一樣準時起床，真是奇蹟。都黏成這樣了，柊居然還說不想離開他——

「……你還沒放下原本的世界啊。」

「……那、那是……」

「我不是在怪你……這很正常。因為你跟我不一樣，有家人……有人在等你回家。」

……柊說得沒錯。雖然夏生有跟家人說是參加社團的夏季集訓，但根本沒這回事。一旦夏生斷了音訊，判定為失蹤後，家人會到處找他吧。如果知道他是在日無山失去消息，一定會哀嘆繼柊之後，連夏生都失蹤了。

一想到悲傷的家人，胸口就像被用力擰扯般發疼。夏生應該不會忘記家人的存在。

可是——

無法掙脫的夏天

「……我不想放開這雙手啊。」

夏生將自己的手輕輕疊上環在腹部的那雙大手。理應成長到判若兩人的高挑身形上，卻出現了八歲的年幼模樣。躲在夏生身後，一直等著夏生來找自己……

「我會跟你一起活下去，直到你覺得分開的那十年……不對，那十五年是一場夢。」

「……那即使死去，你都無法離開我身邊喔。因為要我忘記你不在身邊的那段時間，用二三十年也遠遠不夠。」

——就算死去，也可以陪在我身邊嗎？

聽到這聲如懇求般哀戚的呢喃，夏生著迷地點點頭。這座村子裡沒有醫生和醫院，就算年紀輕輕也不知道何時會死。就算只變成靈魂，只要柊願意陪在他身邊，就能永遠在一起。如果再也不能回到原本的世界，那他唯獨不想和柊分離。

「……啊啊，好喜歡你，夏生……」

「啊……嗯、啊……不行啦！」

夏生能馬上把柊在衣服底下蠢蠢欲動的手拍掉，是因為上衣口袋的手機發出了震動。唯獨今天絕對不能遲到，所以他提前設了鬧鐘。雖然手機還是收不到訊號，但除了需要網路的APP之外，其他機能還能使用，所以夏生還是會隨身攜帶。

……雖然很慶幸自己有把手搖式充電器放進背包裡，但沒想到只有這點用途。

在原本的世界，只要閒著沒事就滑手機的習慣就像假象一樣。現在只要待在柊身邊，眼神就會被他牢牢鎖住，沒辦法思考其他事……

「該走了，會來不及。」

淫靡的記憶又快要重回腦海，夏生鑽出緊抱著自己的手臂。看到柊乖乖讓他掙脫，他應該也覺得不能遲到吧。

「使者大人。」

「使者大人，神恩浩蕩呀。」

跟柊牽著手走出家門時，經過的村民都會特地停下腳步，雙手合十對夏生行禮膜拜。看來「夏生是苧環大人使者」這個認知已經傳遍全村，無法更改了。

……審判過後，和夫只有偷偷來過一次。雖然得以逃過死刑，但作為處罰，悅子即將步入婚姻。身為罪人的親屬，和夫一家人往後可能必須過著永遠抬不起頭的生活。

『……真的很謝謝你，夏哥。』

即使如此，和夫仍神情凝重地向夏生低頭道謝，彷彿以往的開朗都是假象，並告知悅子的近況。雖然不准和家人會面，但似乎允許書信往來。

『姊姊說她深刻反省過想謀害夏哥的事了，等將來夏哥願意原諒她了，她想登門道歉。還說只有一次也好，她想在嫁入倉林家之前見爸媽一面。』

『——真自私的要求呢。』

夏生無言以對，柊則代替他丟下這句話。和夫可能是第一次被當成親哥哥仰慕的柊如此冷淡對待，感覺十分消沉，但他還是拚命想為姊姊說話。

『……我知道姊姊做的事是絕對不可能得到饒恕的，可是……你們可能無法相信，但姊姊她變了。』

『變了？』

『她在信裡不停道歉，說很抱歉給爸媽跟和夫添了麻煩……如果是以前的姊姊，不管發生什麼事都不會跟家人道歉的。一定是因為苧環大人的使者出手相助，讓她真心悔改了吧。』

「真心悔改」這幾個字說得有些僵硬，一定是在模仿父母的語氣吧。從小被寵得無法無天的悅子道歉，似乎讓和夫相當驚訝。

也因為如此，對悅子百般寵溺的父母也忘記了當時光是得救就無比慶幸的喜悅，說出了「出嫁前都無法和家人見面太可憐了」這種話。和夫也是因為同情姊姊，才會偷偷跑來柊家的，他抱著作為代理村長的柊和苧環大人使者的夏生若是替悅子說情，悅子的心願或許能夠實現的期待。

『求求你們，柊哥、夏哥。只要一次就好了，能不能讓姊姊在嫁進倉林家，之前跟爸媽見個面……！』

『當然不行了。』

柊摟過夏生的肩膀，狠狠拒絕和夫的懇求。

『不能和家人見面也是懲罰之一。這可是村長的判斷……是苧環大人的神意。』

『所以只要柊哥和夏哥出面……！』

『她已經幸運撿回一條小命了吧，還想厚顏無恥地有所奢望嗎？』

不論和夫怎麼哀求，柊都不願意聽，最後和夫無精打采地回去了，在那之後就再也沒見過他。既然夏生也會留在這裡生活，未來一定還會碰到面，到時候該用什麼臉見他呢……

「——夏生，夏生？」

「唔……啊，柊，怎麼了？」

手被用力一拉，夏生回過神，馬上露出僵硬尷尬的笑容，柊卻目不轉睛地盯著他看。

「因為你好像又陷入沉思了……你在想和夫他們的事嗎？」

「怎、怎麼可能，只是覺得跟村長獨處很可怕而已。」

雖然是情急之下隨便說的藉口，但他確實很害怕跟村長獨處。今天也跟初次會面一樣，夏生必須一個人過去。如果柊也在，他就不會害怕了，但柊說除了審判這種特別的儀式以外，其他場合都必須跟村長一對一會面，這是村裡的規矩，夏生只好乖乖照辦。

「你一定沒問題的，因為村長很喜歡你。」

「咦……是嗎？」

夏生只有在第一天和審判時見過村長，也不記得自己曾做過什麼讓村長青睞的事。反而覺得自己干預了村長的審判，就算被村長疏遠也不足為奇。

「他不喜歡你的話，就不會在審判時接受你的說詞了。他今天應該也很期待能見到你喔。」

「……希望是那樣……」

那副詭異的面具和服裝實在讓夏生忍不住心生戒備，但村長是柊的監護人。若跟柊結婚，往後也必須慢慢習慣跟他相處吧，畢竟柊也是代理村長。

來到村長家後，夏生跟第一天一樣在入口處和柊道別。夏生向村長請求結婚許可時，柊似乎要去恩賜沼澤回收今天的恩賜。

……這麼說來，吉川先生的事該怎麼辦呢？

夏生忽然想起這件事，心情陰鬱起來。

吉川的死至今仍瞞著村民——吉川在這裡娶的妻子也被蒙在鼓裡。因為柊將夏生的話轉達給村長後，村長決定不對外公開。

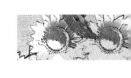

……如果過去從來沒有漂流者回到原本的世界，那說出來也沒人會相信。

但吉川的妻兒現在應該還在苦等沒回家的丈夫……跟過去的夏生一樣。與其繼續處在生死未卜的情況中，乾脆把死亡的事實告訴她，她才能心安吧——一定是因為夏生如願和柊重逢，才會有這種想法。在某種意義上，吉川可能會永遠活在妻兒心中。

「……打、打擾了。」

夏生走過昏暗的走廊，打開畫有苧環圖案的紙拉門，村長已經端坐在纏著紅線的祭壇前了。他依然穿著好幾層和服，戴著平常那副面具，所以看不到表情，但感受不到在審判上對峙時的威嚇感。是因為柊說村長很喜歡他的關係嗎？

「——坐吧。」

今天村長居然主動邀他坐下。為了不表露出驚訝之情，夏生繃著臉在村長面前坐下。

「那個，今天……」

「是來請我同意你跟柊的婚事吧。」

村長轉身背對夏生，向祭壇雙手合十。祭壇上今天也供奉著許多新鮮的神花，飄盪著香甜的氣味。

「稍等一下，我詢問苧環大人的神意。」

「好……好的。」

無法掙脫的夏天

村長口中低聲呢喃著聽似咒語的詞，語調十分獨特，不像祝禱詞也不像唸經，感覺相當神祕卻帶著幾分讓聽者心底躁動的詭異聲調。

夏生不知不覺閉上眼睛，如虔誠的信徒一般雙手合掌，潮溼甜膩的花香搔動鼻腔。是神花的味道，跟審判日一樣……不對，當天因為人擠人而悶熱至極，花香也濃郁到嗆人的地步。

今天不然。聆聽村長的咒語，聞著花香，感覺頭腦昏昏沉沉，身體帶著些許熱度……

——喀噠。

聽到某個微弱聲響，咒語停止了。還以為是苧環大人降下了神意，夏生睜開沉重的眼皮，看見畫有苧環圖案的紙拉門被狠狠踢飛。

咚一聲，踩在榻榻米上的少女勾起被染成鮮紅色的嘴唇。

「……找到你了……小偷……」

「咦……悅子？」

夏生會下意識做出防備，不是因為本該被關在監禁室的悅子出現在眼前，而是因為套在纖瘦身軀上的襯衫和她美麗的臉上，都濺上了鮮紅液體。

……那是血……！

神花的香味和鐵鏽味混雜在一起，夏生直覺悅子已經對某人下手了……凶器就是悅子

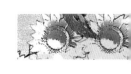

沾滿鮮血的手中握著的小刀。

小刀被刀身流淌而下的血液染得鮮紅，但隱約能看見刻在刀柄上的文字。

——「和夫」。所以，那些血的主人是……

「……妳該不會、對和夫……」

「這也不能怪我啊。知道我要殺你後，他說這跟說好的不一樣，還想叫人過來嘛。我只刺了他的手臂，不會死的。」

聽到悅子若無其事地這麼說，就算再不願意，夏生也聽懂了。和夫一定是太想讓姊姊跟爸媽見面，偷偷潛入監禁室、幫她逃獄，可能是想在被別人發現之前再把姊姊送回監禁室。

可是悅子不是要去見父母，而是想來謀殺夏生。和夫拚命阻止，悅子就從和夫身上搶走小刀將他刺傷，一路跑來這裡……

……她瘋了！

就算被壓上罪人家屬的烙印，和夫明明仍拚命想保護姊姊，為什麼她要踐踏這純粹的親情呢？就算成功殺掉夏生，在這座封閉的村子裡也無路可逃，她應該明白這次絕對逃不過死刑。

不對，她瘋狂到明知如此，還是無法控制地繼續犯罪吧。

無法掙脫的夏天

「……只要……只要你死了，柊哥就會……選擇我……」

悅子立刻衝向渾身僵硬、無法動彈的夏生並揮起小刀……這次柊也一定趕不上。沾滿鮮血的刀刃逼近夏生睜大的雙眼，緊接著——

「——唔……！」

有個身穿好幾層和服的寬廣背影衝了過來。

夏生不知道那是誰。除了夏生之外，在同一個和室裡的人只有村長，所以不可能是村長以外的人。

可是。

繫在後腦杓的面繩被切斷後，面具連同頭巾一起掉在地上。顯露出來的頭並非蒼蒼白髮，而是烏黑光亮的頭髮。

「不……不要啊啊啊啊啊啊啊！」

悅子發出響徹整間房子的尖銳哀號，飛快地逃走了。

村長緩緩回過頭，沾滿血的小刀深深插進他的肩頭。可能是替夏生擋刀時被刀刃劃過，面繩才會被切斷。

五官深邃的年輕俊秀臉龐……還有深邃的綠色眼眸。

「柊……柊……」

其實村長是和柊分隔兩地的雙胞胎兄弟，或是碰巧長得一模一樣的陌生人——如果能認為是這種荒唐無稽的情況該有多好。

「……晚點再跟你解釋，跟我來，夏生。」

但被小刀刺上肩頭後仍拉著夏生的手的男人是夏生的兒時玩伴，也是剛和他成為戀人的柊。夏生跟他交纏過無數次，不可能認錯。所以即使被帶離祭壇房，來到連蠟燭都沒點燃的宅邸後方，夏生也沒有把他的手甩開。

明明肩膀被刀刺傷了，柊卻踏著強而有力的腳步走出後門。前方是以前柊帶夏生來過的後院森林。當夏生發現柊的目的地是恩賜沼澤時，夏生終於忍不住朝他的寬廣背影問道：

「……你為什麼要假扮村長？」

柊不可能沒聽見，卻不肯回答。你是用什麼方法改變嗓音的？真正的村長在哪裡？為什麼不叫人來逮捕悅子，反而是我們要逃呢？夏生問了許多問題，柊卻始終不理不睬。

所以夏生擅自在腦海中將過去不曾留意到的細節，和現在的狀況串連起來。

……回想起來，我跟村長見面時，柊都不在我身邊。

不管是第一天會面、審判，還是今天來取得結婚許可的時候。如果柊就是村長，那他當然不會出現。村長的那身服裝和面具，應該幫他藏起了引人注目的臉蛋和體格。

……若是如此，我見到的村長都是柊嗎？

為什麼要這麼做？因為真正的村長年事已高，無法自由行動了嗎？

不對，如果身體虛弱到連審判這種重要儀式都得缺席，應該會找遠房親戚來接替村長的職位吧。

搞不懂。一切都變得模糊難辨，就像從剛才就開始瀰漫的這片霧靄——

「柊……」

夏生喊了幾次，不對，可能喊了好幾十次時，柊忽然停下腳步。在身材高挑的他眼前，是那片被薄霧籠罩的恩賜沼澤，而沼澤後方跟平常一樣聳立著濃厚的霧牆。

「——就在這裡。」

柊掀起和服袖口，緩緩轉過頭這麼說。這身服裝在戴著面具時只覺得奇妙，現在卻適合到不可思議，簡直是為了柊量身訂做，連深深刺進肩膀的小刀都像一個裝飾。

「村長就長眠在這片沼澤底下……已經超過三年了。」

「什麼……」

「根據加工方法或攝取量，神花會發揮出各式各樣的效果。在你身上出現的是春藥效果，但用村長家代代相傳的方法加工後，就能萃取出讓大腦中樞神經麻痺的強烈陶醉感，和鎮靜效果……沒錯，正好就是類似毒品的成分。」

但也跟原本世界的大麻或毒品等藥物不同，依賴性極低，只要不濫用就不會對身心造成明顯損害。但具有讓人類自有的思考能力下降，乖乖順從的效果。

在每週一次的酒會上招待的酒中，就混入了大量這種成分。這是為了剝奪村民們的抵抗意識，變得更容易操控。所謂的神花，是苧環大人為了不讓小田牧村進化或衰退，永遠維持原貌而盛開的毒藥吧。

「所以只有村長才能碰神花酒，但為了逃避宿疾帶來的痛苦，村長開始喝起這種酒，轉眼間就成癮……三年前在我面前喪命了。他跟吉川先生一樣，發生了心臟麻痺。」

真正的村長驟逝時，身邊只有柊一個人。真正的村長在小田牧村的村民間算高挑，體型跟柊沒什麼差異，只要戴上面具、穿上厚重的服裝，要冒充村長並非難事——有了這個念頭，柊採取行動。從村長身上脫下面具和衣服後，在村長身上綁上重石，讓他沉入恩賜沼澤。

從那天起，柊就開始分飾兩角，扮演村長和代理村長。

只要身為代理村長的柊說「村長年事已高又久病成疾，所以把業務交給我了」，就不會有人起疑。幸好村長非常討厭與人相處，柊不讓所有村民接近村長家，只要在村長本人非得露面的重要場合，由柊戴上面具、穿上衣服出面就行了。

只有聲音無法喬裝，但神花在此也發揮了作用。只要將花瓣磨碎少量服用，就能讓嗓音只在短時間內變得沙啞。

「……為……為什麼……」

夏生從不斷顫抖的喉嚨中擠出聲音。

「為什麼要頂替村長的身分……村長是你的監護人吧……？」

雖然這個村子很禮遇漂流者，但當時八歲的柊之所以能在澤田家平安長大，就是因為有村長當他的後盾吧。

「……夏生，我問你。十五年前……對你來說，是十年前吧。你覺得我跟你有什麼差別？」

柊沒有回答，反問了這個問題。他的嗓音雖然還有些嘶啞，但幾乎已經恢復了。跟夏生在村長家門口道別後，他應該就服用神花了。

「有什麼……差別？」

「對。我們明明一起走進日無山，卻只有我從那片沼澤闖進了小田牧村，你覺得我們當時有什麼差別？」

這十年來，夏生也一直在思考這個問題，卻始終不得其解。但柊似乎找到答案了。

「因為我想永遠維持現狀。在原本的世界裡，我只能乖乖接受必須和你分隔兩地的現實，所以我絕對不想回去……當時我在心中強烈地祈求。這就是我跟你的差別。」

「……柊……」

「所以我做了個假設。或許當我這種對原本世界毫無留戀，不會違抗苧環大人意志的人接近那片沼澤時，苧環大人就會把這種人拉到這一邊。」

理由自不待言。在這座形同封閉盆景的村子裡，村民的血緣只會越來越濃，苧環大人這麼做是為了沖淡這種血緣——讓盆景繼續維持現有的面貌。

「我旁敲側擊地跟吉川先生打聽後，確定這個假設是正確的。吉川先生在原本的世界欠下了根本還不清的巨額債務，被疑似黑道的金融業者追趕，最後逃進日無山，漂流到小田牧村。村長生前也曾經說過，就是這種人才會被拉過來。」

「村長嗎？為什麼……」

「村長戴的那副面具是苧環大人的賞賜，所以面具上有苧環大人的神力……可以將靠近那片沼澤的人拉到這裡的能力。」

「……！那、那十年前把你拉進村子的人……」

「對……就是村長。」

就是因為能為了苧環大人將人類從不同的世界拉進村子裡，村長才被稱為苧環大人的祭司吧。過去在日無山行蹤成謎的那些人，都是像這樣被歷代村長拉過去的。

在超過十年的時間裡，柊是怎麼面對把自己拉離原本世界的罪魁禍首呢？從他失去所有感情的臉上完全看不出來。柊用那雙綠色眼眸，直盯著咬緊下唇的夏生。

「所以我想到一個方法。如果用盡一切方法，把你叫到日無山的沼澤來，再利用面具的力量，或許就能把你拉來這裡了。」

「……唔……！難道吉川先生是……」

「對——是我把他推進恩賜沼澤的。」

吉川獨自從酒會離開，在回家路上因為心臟麻痺而身亡。當時碰巧在場的只有目送他離開的柊而已。

「那是一場一翻兩瞪眼的豪賭，畢竟那個時候，沒有任何證據能證明吉川先生的遺體真的會回到原本的世界……那是我第一次向苧環大人祈求。」

結果柊的願望成真了。吉川浮上日無山的沼澤，被媒體大肆報導。

後來的狀況就不用多加說明了。吉川的遺體被發現後，夏生決定去尋找柊，睽違十年再次踏進日無山。看到傻傻靠近沼澤的夏生，村長……柊就用面具的力量把他拉了過來。

為了再見到夏生。

為了再也不和夏生分開。

——就為了這些——柊計劃了這一切。

「……對不……起……」

忽然被拖進這種世界的憤怒、見不到家人和朋友的寂寞、從頭到尾被蒙在鼓裡的悲傷——各種情緒在心底混雜成一團、盤旋，來到嘴邊的卻是哽咽。

因為——因為害柊孤單一人，不得不做出這種事的人——

「都是、我的錯……」

「夏生……」

「因為我當時放開了你的手……你才會、不惜做出這種事……」

滴答、滴答。從臉頰滑落的淚水在地面上印出點點痕跡。

如果十年前，夏生跟柊一起闖進小田牧村，至少柊就不用獨自將村長和吉川推進沼澤，也不必假扮村長了。無法和任何人分享祕密的生活，該有多難受、多痛苦啊。

「……謝謝你，夏生。」

柊勾起微笑，牽起快被後悔壓垮的夏生的手，輕輕拉到嘴邊，憐惜地印上一吻。

「我曾覺得如果能和你一起活下去，哪怕被你憎恨埋怨，我都不在乎。但你得知真相後還是想和我在一起……這樣我就沒有遺憾了。」

「唔……你在、說什麼……」

簡直就像在訣別——不祥的預感貫穿心頭時，柊的修長身軀忽然往一旁倒去。夏生連忙上前攙扶，但柊早一步站穩腳步，額頭上滿是汗水，臉色也蒼白到病懨懨的樣子。

「……讓我看看！」

夏生猛然驚覺，湊到柊身邊，掀開披在最外面的那件和服。

他發出「嗚」的驚呼聲。被和夫的小刀刺傷的部位滲出鮮血，將下方的和服染成血紅色，說不定傷到大動脈了。傷口感覺非常痛，就算靜靜待著也很難受才對，他為什麼能走到這裡？

「為什麼……為什麼啊……！」

在沒有醫院和醫生的村子受重傷，就等於喪命。明知如此，柊為什麼還要這麼做？

「……為了讓你逃回原本的世界。」

「什……麼？」

這一瞬間，夏生忽然聞不到四周瀰漫的血味和草木氣味。

……因為這句話徹底顛覆了他誤入村子以後學到的「常識」。一旦誤入小田牧村，就無法再回到原本的世界，所以柊才打消回去的念頭，將夏生拉到自己身邊吧。

「……喝下這個再沉進沼澤裡，應該就能回到原本的世界。」

柊將藏在懷裡的小瓶子交給嘴唇不停發抖的夏生，用軟木塞封住的那個藥瓶裡裝滿了紫色液體。

「這個顏色……難道是神花的……」

「對，是用村長家的祕術做的神花加工物，喝了之後會暫時進入假死狀態。」

「————！」

夏生馬上就明白，柊為什麼會把這種東西交給自己了。

——當時恩賜沼澤將吉川的遺體判定為異物，把他吐回原本的世界。那進入假死狀態的夏生應該也能像吉川一樣，回到原本的世界。從夏生口中得知吉川的狀況之後，柊一定是這麼想的。

……但柊再怎麼厲害，也不可能料到悅子今天會做出這種事。

之所以會像這樣隨身攜帶能進入假死狀態的危險藥物——

「……了！」

「有血跡，他們往這邊逃了！」

夏生正想追問時，宅邸那邊傳來無比亢奮的呼喊聲，伴隨著好幾道腳步聲毫不猶豫地往這裡靠近。除了村長以外，恩賜沼澤明明是禁止進入的才對。

「……比預想中還要快呢。」

「柊，他們是……」

「是悅子，她應該逢人就把我冒充村長的事說出去了吧。聽到真相後，村民們就來追殺我跟你了。」

柊的語氣淡然，夏生卻難以置信。村民們應該把柊當成代理村長信賴、尊敬他。反之，悅子是曾經在審判時被宣判死刑的罪人，不僅逃獄，還對親弟弟痛下殺手。參與審判的那些村民竟然對悅子的說法照單全收，還前來追殺柊和夏生。

「他們都在酒會上定期攝取神花的成分。或許是因為村長的真面目敗露，苧環大人的神意驅使他們這麼做的吧。」

「神意……為了讓這座村子永遠維持原貌嗎……」

「沒錯……因為把你拉進這座村子，我已經忤逆神意了。因為你對原本的世界仍有留戀，也不是完全不想回去。」

對苧環大人而言，只要肯對自己忠心耿耿，不管誰當村長應該都無所謂。所以柊頂替真正的村長時，苧環大人也沒有給予懲罰。

但對原本的世界仍有留戀的夏生，是可能為村子帶來變化的危險存在。於是苧環大人對柊的忠誠起了疑心。

悅子在這時四處宣傳柊的真面目，讓村民對柊懷有敵意，因此柊就變成了苧環大人該處分的異物——到了這個節骨眼，柊依舊冷靜地如此分析，甚至猜測夏生也被盯上，是因為他是改變柊的元凶。

「再過不久，拿著武器的村民就要衝過來了。在那之前，我至少要讓你逃回原本的世界，所以才會帶你來這裡。」

柊催促夏生快點喝下藥，夏生卻拚命搖頭，抓住柊的手臂說：

「那你也一起走！我不要一個人回去，你也跟我一起喝下藥水，回去原本的世界不就好了嗎！」

好不容易才重逢，好不容易才心意相通，他絕對不想再和柊分離了。就算柊的父母不樂見他回去，夏生也會陪在他身邊，原本世界的醫療技術一定能治好他肩膀的傷才對。

所以跟我一起走——看到夏生用眼神苦苦哀求，柊搖搖頭。

「我不能……這種藥很難調製，又容易變質，光要做出一人份就很不容易了。」

「可……可是……」

「而且就算有兩人份的藥，你在原本的世界有安穩的歸處，我卻把你拉到這裡，還欺騙你讓你沉淪的罪太重了。我要留在這裡幫你爭取逃跑的時間……這是我唯一能贖罪的方式。」

「——找到他們了——！」

樹叢發出沙沙的聲音並被撥開，拿著鋤頭的村民出現了。仔細一看，指著身穿村長服裝的柊，朝柊的背影大聲怒吼的人是悅子的父親。他的面容如惡鬼般猙獰，完全看不到之前為女兒平安無事，喜極而泣的慈父模樣。

「忤逆神意的大罪人在這裡！就在這裡啊！」

「……原諒我，夏生！」

話一說完，柊就從夏生手中搶走藥瓶，將藥水大口喝下，再托起一臉呆愣的夏生下顎，衝撞似的吻上他的唇。

「嗯……嗯唔唔……」

夏生拚命搖頭想把柊推開卻無濟於事。雙唇被堵住，無處可去的液體流入夏生的喉嚨。夏生無法違抗本能，含淚吞下那些嚐不出味道的液體。

確認嘴裡沒有藥水殘留後，柊抱起頹軟無力的夏生。在他的肩膀後方，能看見舉起鋤頭或鐵鍬衝過來的村民們。

「……謝謝你，夏生。」

柊絲毫不理會從短短幾公尺的後方逼近的村民，向他微微一笑。從肩膀滲出的鮮血把最外面的和服也染紅了，應該連站著都很難受，柊的笑容卻無比幸福。

……笨蛋！你為什麼要這麼做！不是約好要永遠在一起……再也不分開了嗎……！

夏生想把他臭罵一頓，將他狠狠揍飛，但別說手腳了，連嘴唇都像麻痺了一般動彈不得。剛才的藥很快就發揮效果了，再過不久，肯定連意識都會消失。

「真的謝謝你沒有放棄我……還特地來找我。因為有你在，我在原本的世界和這座村

無法掙脫的夏天

子一直都很幸福。」
柊走到岸邊，帶著笑容將夏生扔進沼澤。夏生無法抓住那隻看似伸向自己的那隻手，被深藍色的水包裹住。
——不斷往下沉。
儘管時值盛夏，像冰一樣冷冽的水纏住夏生的四肢，以驚人的速度將他拉向水底。在水面另一端閃耀的太陽瞬間消失無蹤，全身就像被綁上重石一樣。或許這也是苧環大人的神意，想盡快把這個威脅自己世界安寧的不安要素吐出去。
……那柊呢？……柊呢……？
夏生想大喊柊的名字，水毫不留情地灌進他的嘴裡。夏生不斷吐出水掙扎時，意識漸漸變得模糊。是柊餵他喝下的藥發揮藥效了嗎？還是快溺死了呢？
不過這片沼澤有多深？進山之前他曾查過資料，日無山的沼澤最深也只有五公尺，但恩賜沼澤的水深肯定比那片沼澤深好幾倍。
……那是、什麼？
有個白色的物體掠過夏生逐漸模糊的視野。胸口莫名焦慮，夏生擠出最後的力氣，睜開眼睛。
……如果是在陸地上，他應該會放聲大叫。因為在他逐漸沉入的水底，有無數個交疊的東西——是數量驚人的人骨。有的仰面朝天，有的朝下趴伏，有的側臥，有的沒有手臂，有的缺少下半身，有的頭蓋骨不全。儘管大多數都不完整，但那肯定是人類的骨頭。

不久後逐漸靠近水底，本該因為藥效而變遲緩的心臟用力跳了一下，因為人骨的脖子上掛著一條墜鍊。不是只有一兩具，在夏生視線範圍內的所有人骨都戴著同樣的墜鍊。白金吊牌上鑲嵌了祖母綠……跟夏生現在戴著的款式一樣……

……為、什麼？

那條墜鍊是原本世界的珠寶設計師設計的，世上僅此一條。除了柊交給他保管的這條墜鍊之外，在原本的世界和小田牧村都不可能存在。

……柊……

深藍色的冰涼池水逐漸剝奪他努力維持的意識。

好像抓住了伸向自己的人手骨頭——那一刻，夏生被黑暗包圍。

趁那傢伙去準備食物，夏生猛地從被窩中起身。看來裝病躺著休息的策略奏效了，今天完全沒有被迫性交，還有體力。這點體力應該能勉強實行那個計畫。

掀起衣櫃前的榻榻米後，下方的地板釘已經鬆脫。剛被關進這個房間，夏生在尋找出口時偶然發現了這個地方，但那傢伙始終寸步不離，所以派不上用場。但現在應該可以——

『……你要去哪裡？』

因為找不到替換衣物，無計可施的夏生準備半裸著鑽進地板時，一陣低沉嗓音彷彿看準了時間，纏上耳膜。夏生帶著紊亂的呼吸回頭看去，下一秒就後悔了。若有時間停下腳步，應該多往前爬一公尺才對。

因為那傢伙手上拿的不是放著食物的托盤，而是出鞘的小刀。

『我應該跟你說過了……如果你又想逃跑，我會讓你再也無法走路。』

那雙綠色眼眸直盯著夏生腳後跟的肌腱。

『你只要一直依賴著我活著就好。』

——那傢伙毫不猶豫地揮下小刀。

「多謝關照。」

在批價窗口結清醫藥費後，隨行的職員就帶夏生來到職員專用的後門，夏生向他深深低下頭，離開了這幾天住的醫院。

媒體應該都聚集在正門口吧。穿過空無一人的職員用停車場，又走了一會兒來到公園，夏生坐在長椅上深深嘆了一口氣。來到這裡應該就不會被媒體發現了。

「沒想到……真的回來了……」

兼具設計和安全性的公園遊具、到處玩耍的孩童、圍繞著小公園的大樓、升起陣陣熱浪的柏油路面、圍滿電線的水泥電線杆、身穿快時尚服飾的人們、光是待在原地就會讓人汗流浹背的熱氣。出生後覺得理所當然的事物，都讓夏生感到新鮮。

夏生從口袋拿出全新的手機。這是母親昨天幫他買來的，用來代替原本那支常用卻弄丟的手機。

開機並從雲端同步設定和資料後，手機立刻不斷發出收到訊息的提示音。雖然有幾則是不知從哪裡取得號碼的媒體傳來的採訪要求，但大多數都是擔心夏生的朋友們傳來的訊息，其中還有好一陣子沒連絡的國中同學傳的訊息。

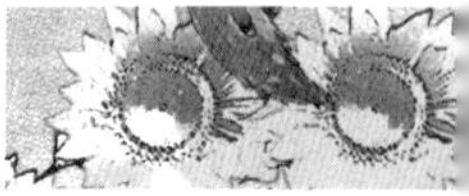

他們會驚訝、擔心也很正常，畢竟一週前到日無山調查吉川事件的媒體記者們，竟然發現夏生漂浮在沼澤裡。

而且得知夏生從五天前就失去音訊，憂心的家人曾找警察報案之後，夏生的存在頓時轟動社會。帶著臆測的文章在網路上滿天飛，媒體也連日湧向夏生被送進的那間醫院。

根據精密檢查的結果，除了極度衰弱之外，其他指數並無異常，趕來的家人們也哭著罵了他一頓。家人們以為夏生有什麼煩惱，還責怪自己只顧著關心大考將近的妹妹，或許讓夏生覺得被冷落了。夏生安撫完這樣的家人後，就準備接受警察的訊問。

但夏生只能將剛剛跟家人說過的說法再說一次。吉川的遺體被發現後，他很在意十年前在相同地點失蹤的兒時玩伴，所以進日無山尋找他的下落。走著走著不小心迷路並失去意識，醒來時就漂浮在沼澤裡了。夏生堅稱自己失去意識，所以完全不記得之前發生的事情——因為說出真相也不會有人相信。

連夏生都覺得這種說法荒唐至極，警察應該覺得更可疑。警方徹底搜索了日無山，卻沒發現跟案件相關的證據，最後以夏生離家出走結案。而住院五天後的今天，夏生順利出院了。

家人說要來接他出院，但他拒絕了。

表面上的說法是「不好意思再給家人添更多麻煩」，其實夏生是想在沒人看見的地方

無法掙脫的夏天

偷偷思念……那個只活在他記憶中的男人。

「……柊。」

他在胸前輕輕摸索，拉出那條祖母綠的墜鍊。除了穿在身上的衣服之外，這是夏生唯一帶出小田牧村的東西，也是四辻柊這個男人在異界成長、活下來的證據。

「柊……柊……」

他知道自己一喊出那個名字就會忍不住掉淚，所以不敢在醫院喊出聲。除了家人來探病的時間以外，夏生都在沉睡。他曾期盼柊或許會在夢裡出現，卻只夢到沉在水底的無數人骨。

所以他反而不斷思考，在喪失意識前看到的那幅猶如地獄般的景象是什麼？

如果是漂流者的遺體，應該會流回原本的世界，那是不小心跌進沼澤溺死的村民遺體嗎？不對，那數量也太多了。除了漂流者以外，其他人無法進入這座村子，如果有這麼多人死亡，村子應該難以維繫。

雖然思考過各種可能性，但他只能覺得……那是他進入假死狀態後，在朦朧意識中看到的幻影。人骨身上的墜鍊也是大腦太想念柊而產生的幻覺，因為墜鍊只有柊託付給夏生的這一條而已。

「對不起……對不起，柊……」

再度見到以為再也無緣相見的家人，躺在乾淨又安全的病床上時，夏生才終於明白，柊為什麼會隨身攜帶能暫時進入假死狀態的藥。

——柊早就做好心理準備，知道這一天終究會到來吧。

這次雖然是因為悅子失控，但柊冒充村長的事隨時都可能因為某個契機東窗事發。不論何時被淪為暴徒的村民們襲擊，為了讓夏生獨自逃跑，他才常備著那種藥物，而且是從夏生口中得知吉川狀況的那一天開始……

「……柊……柊……」

眼淚從遮著雙眼的手指縫隙間滴落而下，打溼那條墜鍊。

……好想你、好想你、好想你……

見到柊之後，要為自己再次放手的事道歉，要逼問他為什麼違背約定，要為他救了自己的事道謝……還想要他緊緊抱著自己，向他告白，直到他厭煩地說「夠了，別再說了」為止。

「嗚……嗚嗚……」

夏生忍不住發出嗚咽聲，垂下頭，惱人的蟬鳴混著熱氣席捲而來。如果就這樣融化消失，是不是能和柊去一樣的地方？就算變成靈魂，他是不是也無法逃出小田牧村？

該怎麼做……該去哪裡才能再見柊一面……

無法掙脫的夏天

「柊……！」

眼角餘光看到有人接近，夏生猛地抬起頭，但嚇得後退幾步的人不是柊，而是穿著制服的警察。

「啊～你還好嗎？」

「咦……」

「有人向派出所通報，說這裡好像有人不太舒服，所以我來看看狀況……」

聚在溜滑梯陰影處的幾位女性正看著這裡竊竊私語，應該是那些正在玩耍的孩子的母親。警察說得相當委婉，但報案者一定是跟警察說這裡有個大聲哭喊的可疑男人。

夏生連忙用手背抹去眼淚。

「……對……對不起，我只是有點累想休息一下……已經沒事了。」

「那就好……哦？你該不會是在日無山發現的那個人吧？」

他怎麼會知道？夏生雖然驚訝，但搜索日無山的工作是這個轄區的警察負責的。這位警察可能也有加入搜索行列，或是曾和同事共享情報吧。

「對喔，聽說你這幾天會出院……你是要回家嗎？不介意的話，警察叔叔送你到車站吧？」

發現夏生就是漂浮在沼澤裡的當事人後，警察立刻露出同情的態度，開著警車載他到新幹線會停靠的車站，可能是擔心他也許會被在附近兜轉的媒體發現，感到同情吧。

多虧警察的協助，夏生在兩小時後回到東京的公寓。家人來探病回去後幫他打掃過，也補充了保值期較長的食材，所以夏生暫時不需要出門採買。傳訊息告訴母親自己平安到家後，睡意猛然襲來，於是他開了空調，鑽進被窩。可能是因為太久沒有在都市的人群中穿梭，讓他精疲力盡了。

好久沒有一個人睡覺了。在小田牧村的時候，柊一定會睡在他旁邊，纏綿後也會在同一張被褥上相擁而眠。

「柊……」

夏生握緊著胸前的墜鍊，緊緊閉上眼。就算知道這麼做只是在逃避，但他想放空大腦睡一覺。再過半個月就要開學的大學生活、應該還會再鬧一陣子的媒體……他不想思考柊以外的任何事。

不知不覺間陷入無夢的深沉睡眠，不知過了多久，平常鮮少響起的玄關門鈴大作。

「……嗯……嗯……？」

夏生揉揉沉重的眼皮、確認手機，發現晚上十點了。家人要來之前應該會先打電話通知，他也還沒跟朋友說已經出院的事。難道媒體從某個管道拿到他的地址了嗎？

夏生在被窩裡動也不動，門鈴卻響個不停。他知道自己應該無視，內心卻莫名焦躁，

無法掙脫的夏天

他鑽出被窩。家裡沒有附帶鏡頭的對講機，他走到玄關，從貓眼查看。

拿在手上的手機「喀咚」一聲掉在地上。

……難道……我……還在作夢嗎？

還是睡太久，導致眼睛失常？那一直失常下去也無所謂，如果還能看到他活生生的模樣……還能看到那雙比祖母綠更鮮豔的綠色眼眸。

是夢也好，是夢也沒關係。

他真心如此盼望。

「——夏生。」

隔著單薄的門板聽到那聲呼喚，夏生立刻解開鍊條和門鎖，用力推開大門，用踉蹌的腳步飛奔而出。對方果不其然張開雙臂，將他緊擁入懷。

「啊……啊啊、啊啊啊！」

你還活著嗎？你是怎麼來到這裡的？到底是什麼時候？村子怎麼樣了？那些村民呢？

「啊、啊、啊啊、啊！」

是聽見我的聲音了嗎？所以才來找我？怎麼知道我家在哪裡？傷勢還好嗎？

「啊……啊……啊……」

問題接二連三湧入腦海，夏生卻說不出話。如果有時間做這些事，他想確認對方的體溫、氣味、觸感，確認四辻柊這個存在。

「……夏生……我心愛的夏生……」

柊似乎也是一樣，就算夏生不斷發出毫無意義的叫喚，柊連眉頭也不皺一下，將臉埋進夏生的頸間，像要確認擁在懷裡的這副身軀，不斷撫摸他。

所以夏生過了一陣子才發現柊的身體比平常還燙，和服的肩頭也染著一大片紅黑色。

「柊……柊！」

當柊的身體重量沉甸甸地壓在身上，夏生才終於發現異狀。他無法支撐住，和柊一起倒在地上，不管搖晃多少次，柊都緊閉著雙眼，沒有回答，蒼白的嘴脣間不斷洩漏粗重的氣息。

……是被悅子刺的刀傷！

怎麼會忘記這件事呢！夏生拚命埋怨自己，但還是想盡辦法撿起掉在地上的手機撥打一一九。這裡不是封閉的小田牧村，只要呼救就有人來幫忙，也能接受妥善的治療。這是多讓人感激的事情啊。

不久後救護人員立刻趕來，雖然被柊的奇異服裝嚇了一跳，但還是立刻做了應急措施，將他送上救護車。夏生當然也一同隨行，因為他再也不想和柊分開了。

「……別擔心，柊，你會沒事的。」

柊虛弱地躺在擔架上，夏生緊緊握住他的手連聲呼喚。夏生第一次覺得救護車的警笛聲如此可靠。

所幸柊的傷勢沒有傷到大動脈，多虧了妥善治療，也沒有出現感染症狀，休養約半個月就出院了。

身邊的人亂成一團。

因為失蹤整整十年的柊忽然現身了。夏生說出柊的身分後，警方立刻趕來做筆錄、確認身分。柊長大後的模樣和小時候判若兩人，戶籍上雖然跟夏生一樣是十八歲，但其實已經二十三歲了。就算他主張自己就是下落不明的四辻柊本人，警方不可能馬上相信。

所以警方希望柊和父母——茂彥跟珍妮佛見面，並做親子鑑定，以釐清柊的真實身分，但是兩人竟以「已經有新的家庭」為由拒絕見面。他們還是有提出鑑定需要的樣本，所以成功證明了柊就是當年失蹤的四辻柊，但還是讓人忿忿不平。連趕來探望的夏生父母都憤怒到傻眼不已，再也不把那兩人當成朋友。

柊本人卻表現得稀鬆平常，聽到父母的決定後連眉頭也沒皺一下。看來早在八年前，柊的心就已經不在父母身上了。

失蹤至今都在哪裡做什麼？警方雖然認真訊問，等候柊的回覆，柊卻跟先前的夏生一樣堅稱自己「想不起來了」。畢竟只有夏生會相信小田牧村的存在，說出真相也只會讓情況更加混亂。

看到柊穿著村長的服裝，警方懷疑他是被某個宗教團體綁架，對他洗腦後，想利用他非比尋常的美貌進行傳教，所以調查了一番。但可想而知，沒找到任何證據，最後只能接受柊的說法。

話雖如此，牽扯到犯罪的可能性依然非常高，又考量到柊在戶籍上只有十八歲，所以警方沒有將任何情報對外公開。沒有像夏生那樣驚動媒體是不幸中的大幸。

茂彥和珍妮佛雖然拒絕和柊見面，卻沒有不負責任到徹底放任失蹤十年的兒子不管，雙方說好會提供一定的資金援助，直到柊出院後，生活安定下來為止。原以為柊會用這筆錢租房子展開獨居生活……

「……真的可以嗎？連我都住進這麼豪華的房子裡。」

夏生環視著放滿了全新家具和家電的寬敞室內，發出讚嘆。這棟新落成的華廈位處黃金地段，徒步五分鐘就能抵達都內主要車站，他們就住在三房兩廳格局的頂樓公寓。這裡是柊的新家，也是夏生的家。

「可以啊。跟你住在一起，那些人也能安心吧。」

把剛送來的電視後裝好後，柊輕輕撫摸夏生的頭。夏生看慣了柊穿浴衣或作務衣的模樣，覺得上衣和牛仔褲這種極其日常的裝扮十分新鮮，總忍不住看得出神，讓他十分困擾。

茂彥和珍妮佛各自出了筆資金，用柊的名義買下這間華廈作為柊的新居。雖然說是十年來沒為柊做任何事的賠罪，但夏生的父親憤慨地表示「這根本就是斷絕關係費」。茂彥和珍妮佛離婚後似乎都事業有成，累積了不少資產。

確定能出院後，柊向夏生的父母低頭請求「臨時要一個人住在外面有點害怕，希望夏生能搬過來一起住」。對柊無比同情的父母當然二話不說就同意了，於是夏生也退租了那間公寓。

今天柊一出院，兩人就立刻前往新居，處理完搬家作業。但只有夏生是從之前的住處把行李搬過來，柊的家具、家電和衣服都是剛購入的新品。

那些搬家工人都離開後，這個家才總算有新居落成的感覺。夏生的行李都搬到他的西式單人房裡了，所以將近十五坪大的客廳裡全是柊買回來的東西。看來還需要一點時間，夏生才能習慣這個宛如樣品屋或高級飯店的奢華空間。

「……夏生。」

「啊……」

在陽臺窗戶前眺望廣闊街景時，柊從背後溫柔地擁住他，隔著牛仔褲也能感受到抵在腰部的胯下既火熱又堅挺。他們才剛搬進這個新家，空氣中瀰漫著些許淫靡的氣息。

「……你從……什麼時候？」

「搬家工人回去之後就這樣了……我一直恨不得早點和你獨處，把這個塞進你的體內。」

「啊……啊……」

柊玩弄著夏生的胯間，用男根不停磨蹭，光是這樣就讓夏生的呼吸帶著氤氳熱氣。夏生也同樣希望柊進入自己體內。畢竟夏生回來後過了一週，又等了兩週柊才出院，兩人已經將近一個月沒有纏綿了。

柊住院的期間，夏生每天都會去探病，但會面時間有限，周遭也經常有人進出。光是要避開他人目光偷偷接吻、擁抱就已經費盡千辛萬苦了，他們很久沒像這樣共享過彼此的體溫。

「……呀……啊！」

柊用手熟練地解開夏生的褲襠，鑽進內褲裡。他應該看不見，為什麼動作如此流暢？夏生感到疑惑，但馬上就發現了，因為眼前的落地窗清楚地倒映出自己和柊的模樣。夏生滿面潮紅的表情，和被性器撐起的內褲都看得一清二楚……

無法掙脫的夏天

「你也在等我啊。」

柊露出愉悅的微笑，用另一隻手拉下夏生的褲子。褲子褪至膝蓋，只剩下內褲的下半身完全裸露在外。

「啊、啊啊、啊……」

早已勃起的陰莖被柊的大手握住，光是這樣就能感覺到快感如電流一般竄遍全身，讓夏生站不穩。他頓時將手放在落地窗上，染成淡紅色的耳朵又被柊輕輕啃咬。

「讓我看看，夏生。」

「……啊……唔……？」

「讓我看看你的全部……對我渴求又敏感至極的樣子……」

柊用無比興奮的嗓音如此哀求，夏生根本無法抗拒，於是他點點頭，一隻手將上衣掀起。看到夏生裸露出上半身，柊撲在夏生頸上的吐息也逐漸升溫。

「……我愛你……」

染成淡粉色的胸部和垂在胸口的祖母綠墜鍊也露出來後，柊感動至極地咬上夏生的脖子，並從身後伸出大手，不停撫著和頻頻顫抖的夏生一起搖晃的墜鍊。

「柊……我也……我也是……」

我也愛你，再也不想和你分離。陰莖被柊激烈套弄，夏生氣喘吁吁，也無法好好說話，但柊也明白了他的心意。

「啊啊……夏生……因為你也愛我……呼喚我的名字……我才能再次與你相愛……」

「啊……啊啊……柊……！」

柊接受肩膀治療時，就看準夏生家人和警察都不在的時候跟他解釋過，他應該在小田牧村陷入無路可逃的危機時，是如何出現在原本世界的夏生身邊。

將夏生推入沼澤後，柊原本打算放棄抵抗，死在村民手裡。但在村民將凶器刺向自己的瞬間，恩賜沼澤忽然變得一片漆黑，將他拉了進去。

回過神時，柊站在一棟陌生的建築物……夏生的房門前。因為門牌上寫著「櫛原」，柊抱著一絲希望猛按門鈴，結果夏生出現了——這就是事情始末。

初次聽聞時，老實說夏生一頭霧水。因為柊是在夏生回到原本世界的一週後才出現在他的公寓，但他是在一週前差點被村民殺死時，被拉到這裡的，邏輯上根本說不通。而且柊沒有進入假死狀態，為什麼能回到這個世界？

——一定是託你的福。

柊瞇起綠色眼眸，看著百思不解的夏生。

——你呼喚了我……因為你希望見到活生生的我，當時我才會被拉到你身邊。

夏生回到原本的世界後，也每天都期盼能再見柊一面，無時無刻都在思念他。雖然對

無法掙脫的夏天

只能痴痴盼望的自己感到萬分懊悔，但難道就是這份強烈的祈願，才讓柊跨越了世界嗎？

柊雖然不停向他道謝，但想道謝的是夏生。因為柊賭上性命讓夏生平安脫困，夏生才能把柊呼喚至此……才能和柊再次重逢。

「……啊……啊……呀啊啊……！」

光是被柊的大手玩弄，極其敏感的陰莖就鼓脹到快繳械了。夏生不停搖頭，用臀部壓上柊滾燙的胯下，轉過頭苦苦哀求，一雙大眼中早已盈滿淚水。

「柊……我不要……這樣就高潮……」

花蕾早已清楚記住柊的形狀，在臀縫間頻頻顫動，彷彿在控訴柊為什麼一直愛撫性器，卻不肯碰這裡。

柊吞了一口唾液。

「……你想要我怎麼做？」

「想要柊……放進屁股裡面……把我的肚子、填得滿滿的……」

夏生抽抽噎噎地提出要求，柊就用玩弄性器的手拉下夏生的內褲，獲得釋放的肉棒猛然彈出並高高翹起，前端流淌著汁液。

「哈……啊……」

柊溫柔地拍打夏生的臀瓣，夏生也將雙手撐在落地玻璃窗上，主動翹起臀部。

上半身還穿著衣服，內褲和褲子卻褪到膝蓋，只露出性交時需要的部位。對這副模樣感到興奮的不只是夏生，柊撥開臀瓣的手也在微微發抖，燙得像在燃燒。

「……啊……啊？」

但抵上心癢難耐的花蕾的，不是能填滿夏生腹部到撕裂的鼓脹男根。夏生透過落地窗的倒影看到柊蹲下身子，發現那溼潤柔軟的物體是柊的舌頭。

「騙……人、為什麼……」

夏生明明期待著能立刻被凶猛男根狠狠貫穿。看到夏生的眼淚跌出眼眶，柊也發出含糊不清的笑聲。

「好久沒做了，忽然塞進去會裂開吧？」

「哪、會……啊……」

事到如今他在說什麼啊？他第一次抱自己的時候，也是在沒擴張的狀況下忽然入侵，還用射進體內的精液代替潤滑劑，用男根不斷調教毫無經驗的甬道。

也不想想在那之後，他們做了多少次。

而且、而且……

「啊啊……可是好軟啊。」

「呼……啊……！」

柊輕笑一聲，仔細舔舐入口的舌頭退開，相對地，插入體內的是熟悉的堅硬觸感——柊的手指。他刻意避開敏感的凸起處，不斷摩擦甬道。

「不、啊……啊嗯、那、那裡……」

「好柔軟，不像很久沒做了……難道你自慰過？」

雖然是疑問句，柊心中應該十分篤定。夏生的臉漲得通紅，老實地點了點頭。

……沒錯。在柊住院的期間，每次探病回家後夏生都覺得心癢難耐，會將自己的手指插進臀部，不停自慰。而且不只一次，而是每天。一想到柊仍因傷勢所苦，自己卻在做這種事就壓抑不了罪惡感，可是……

「我好開心，夏生。」

「啊、啊嗯、啊啊！」

「見不到我的時候，你也一直在渴求著我吧？」

柊將手指增加到兩隻，不停攪弄甬道，逼夏生說出他是如何自慰的。有時側躺在床上從背後插入手指，有時仰躺著抬高雙腳，有時坐在地上玩弄陰莖，每一次都會在最後喊著柊的名字達到高潮，無一例外。

「夏生……啊啊，我可愛的夏生……」

與粗魯地在肚子裡不斷攪動的手指不同，柊動作寵溺地舔舐夏生的臀瓣。

「好可憐……你的手指碰不到這裡，一定很難受吧……」

「啊……嗯、嗯、嗯！」

柊終於按上那個凸起處，讓夏生頻頻顫抖，弓起背部，不斷點頭。

……沒錯，很難受。雖然身體已被調教成摩擦甬道就會高潮，但還是比不上被粗硬前端頂弄凸起處後攀上頂峰的感覺。

其實夏生也是在搬家工人離開之後……不對，是從今天早上就在苦苦等待了。等待被柊抱在懷裡，被柊盡情頂弄凸起處，射在體內後達到高潮的瞬間。

所以、所以……

「……不要……再、欺負我了……」

夏生緊緊夾住肚子裡的手指，讓柊看看自己不停顫動的花蕾，為了讓柊知道自己有多想要他。

「我……我想要柊……除了你、我什麼都不要……」

「……啊……夏生、夏生……！」

柊立刻拔出手指，解開牛仔褲褲襠，將夏生渴望已久的東西抵在溼漉漉的花蕾上。剛才的從容蕩然無存，倒映在玻璃落地窗上的那張俊秀臉龐，露出盯著獵物的肉食野獸表情。

「呼……啊……啊、啊～～……！」

噗啾——一口氣挺進體內的肉刃精準地頂上凸起處，以昂然高傲的姿態進入夏生的腹部。

彷彿會將腦髓燒乾的快感竄過全身，夏生撐在落地窗上的手無力地往下滑。他差點癱倒在地，柊卻在那之前把他的內褲和褲子都脫掉，再伸出手抬起他的單腳膝窩。

「不……啊啊……！」

柊維持著這個姿勢，從背後用高挺的男根改變頂撞凸起處的角度，讓夏生渾身發顫。他從落地窗的倒影中看到自己的腹部被白色液體弄髒了，應該是被貫穿的瞬間就高潮了。肚子裡太舒服了，他根本無暇顧及，但柊一定看得清清楚楚，自己只因為臀部被粗物插入就射精的下流模樣。

「啊……嗯！」

夏生頻頻顫抖，而柊打開他的雙腳，抱著他走動。

只靠柊的手臂和刺進腹部的男根支撐的體位讓夏生搖搖欲墜，心生恐懼，但每走一步，肚子就會被往上頂，搖晃帶來的快感立刻逼退了心中的恐懼。

「啊嗯……啊……嗯、啊、啊！」

「喜歡嗎？夏生，肚子被搖晃的感覺很舒服嗎？」

「嗯……嗯……很舒服、肚子被抽插的感覺好舒服！」

夏生用染成淡粉色的背部磨蹭柊的胸膛，捏住沒被觸碰卻挺立起來的兩邊乳頭用力拉扯。自己玩弄雖然不舒服，但他想更挑起柊的情欲。

肚子裡的男根狠狠跳了一下。

「夏、生……！」

「呀啊、啊……！」

柊咬住夏生的脖子，將附近的房門一腳踢開。

布置成單色調的這間房間是兩人的寢室。在緊密連結的狀態下倒上柊購買的特大雙人床，夏生就以趴伏的姿勢被柊激烈抽送，肉體碰撞的聲響不停侵犯著耳朵。

「啊、啊、柊……柊……」

「你……你……！」

柊挺進最深處的男根噴濺出滾燙的精液，遠超乎期待的量和濃度讓夏生開心到快融化了，因為他知道柊回到原本的世界後從來沒有自慰過……一定是為了將精液全部注入自己體內。

「……啊……啊……哈啊……」

被填滿的感覺讓夏生萎軟的性器不停顫抖，男根仍不斷吐出精液。夏生扭動臀部，想讓精液均勻地沾溼每一處，結果男根又顫了一下，再次溢出大量黏液。

柊緊抱住比自己小了一圈的嬌小身軀，撫摸現在仍不斷吞入自己精液的腹部。

「……看你做的好事。」

「啊……柊……？」

「居然在走廊上勾引我……如果我在那裡射出來，你覺得會發生什麼事……？」

夏生用漸漸被快感支配的頭腦想了想，恍然大悟……對了，如果柊以剛剛的體位達到高潮，頹軟的男根可能會拔出體外，這樣好不容易注入體內的精液可能也會流出來……

「不……我不要、那樣……」

今天夏生打算一直夾著柊，不讓他拔出來，拚命吞納精液到肚子鼓脹起來為止。都怪夏生太沒有耐心，差點釀成大禍。

「夏生，你願意用這裡吞下我的所有精液吧？」

「唔啊……」

一被用力按壓，扁扁的肚子就發出黏膩的聲音。按壓肚子的同時，柊也動起好不容易射精結束的男根，像在用夏生的身體自慰一樣，讓夏生炙熱的肌膚又燃燒起來。

「……從今以後，夏生永遠不會離開我身邊吧？」

聽到這聲近似懇求的呢喃，夏生回過頭，發現只映著自己的綠色眼眸彷彿下一秒就會流下眼淚。柊長大後的長相明明判若兩人，夏生卻在他臉上看到十年前，自己把他的手揮開時的表情。

「……那當然……」

夏生牽住柊的手十指交纏，並緊緊握住，同時夾緊肚子裡的男根。

「因為我已經決定……再也不放開這隻手了……」

「……夏……生！」

發出宛如野獸的低吼後，柊在相連的狀態下變換體位，這次讓夏生仰躺著，往溼漉漉的甬道抽送。

看著垂掛在柊胯下的沉重雙囊，夏生心跳加速。今晚能被灌滿精液到肚子鼓脹起來，直到那對雙囊徹底清空。

「喜歡你……夏生，我只愛你一個人……」

「我也……我也喜歡你……我只喜歡柊一個人……」

互相確認愛意後，兩人不斷變換體位相擁——當兩人的欲望終於充分得到滿足，窗外都降下夜幕了。

「……等一切安定下來之後，在這裡鑲上橄欖石吧。」

柊從背後抱住頹軟無力的夏生，伸手拎起那條祖母綠墜鍊。他指的吊牌部分有個小小

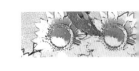

的空缺。

「橄欖石……？」

「是一種帶有明亮橄欖色澤的美麗寶石。因為在光線照射下會呈現出鮮豔的綠色，所以又被稱為黃昏的祖母綠，也是八月的誕生石喔。」

聽到柊低語道「所以是你的專屬寶石」，夏生才想到這個月是自己的誕生月。因為發生太多事，他連自己的生日都忘得一乾二淨。

遇到重要的人之後，要在這條墜鍊鑲上那個人的誕生石，作為兩人相愛的證明——據柊所說，柊的祖母就是懷著這份心思請設計師設計的。雖然她在柊小時候就離開人世，但似乎是個超級浪漫主義者。

「以後你也會把我們的相愛證明戴在身上……直到死為止嗎？」

聽到很像柊風格的求婚，夏生的腦海中莫名閃過沉入沼澤時看見的幻覺。散落在沼澤底部的無數人骨，戴在人骨脖子上的祖母綠墜鍊……

——但僅只一瞬。

「嗯……柊，我好開心……」

夏生將柊的手拉到自己的臉頰邊，仍在肚子裡的男根又狠狠跳了一下。

「我愛你……我們要永遠、永遠在一起……」

無法掙脫的夏天

新鑲上橄欖石的祖母綠墜鍊，理應會成為這份愛的證明。

鋤頭、鐵鍬、鐮刀、鏟子……從四面八方襲來的凶器即將擊中柊的瞬間，霧牆開始扭曲躁動。

「……什麼……恩賜沼澤居然……？」

悅子的父親用布滿血絲的眼睛看向沼澤，柊則揚起嘴角。因為他不看也知道恩賜沼澤逐漸染成一片漆黑——祂想把自己吐回原本的世界。

……啊啊，實在太漫長了。

從體內緩緩湧上的成就感和解脫感，逐漸抹消被悅子刺傷的痛楚。等待這一瞬間來臨的十五年間，柊都像走鋼索般戰戰兢兢。畢竟已經失敗了無數次，數也數不清——不是柊，而是其他世界的柊。

在原本世界的十年前，對柊來說是十五年前，柊在濃霧中茫然踱步時，被一名戴著奇怪面具的男人所救，那個人就是村長。

在那之後，自己就成了從異界誤入小田牧村的漂流者。村長向他解釋這裡是受苧環大人神意支配的村子，他再也無法回到原本的世界，只要不忤逆神意就能過上安穩生活……柊沒有對這些說法起疑，他確實對父母和原本的世界毫無留戀，但唯獨夏生例外。這個世界沒有心愛的夏生，他絕對不要死在這裡。

村長成了他的監護人後，這份想法也不曾改變，所以柊總會趁村長不注意時反覆嘗試，就為了回到原本的世界。有沒有穿過霧牆的方法？有沒有和原本世界相連的大門？或者這裡只是單純抗拒現代文明的人組成的村落，村民為了增加人口，而把自己誘拐過來？柊將能想到的方法都試過一輪，卻只是讓自己再次體認到，小田牧村真的是從原本世界分割出來的異界，而他是無依無靠的異邦人。

既然如此，就只剩下一種方法了。就是柊漂流過來的那片沼澤……被村民視為聖地，名為「恩賜沼澤」的那片沼澤。除了村長之外，其他人都不准接近那片沼澤，但沼澤底部或許能連接到原本的世界。

柊假扮成乖寶寶，同時虎視眈眈地尋找接近沼澤的機會……進來一年後，這個機會終於來了。村長被邀請去參加婚禮，柊得留下來看家，而且新婚夫婦是村長的族人，所以村長會在那邊留宿一晚。

幸好小時候的柊動不動就感冒，父母基於擔心，替他報名了游泳課。村長出門後，柊就偷偷來到恩賜沼澤潛入水中，直到無法呼吸為止。可是沼澤遠比想像中還要深，當時的柊根本沒辦法游到水底。

所以柊不放棄，開始鍛鍊身體、增強體力——在十三歲那一年才終於游到水底。但水底沒有通往原本世界的入口，只有難以計數的人骨。

從大小來看，只能判斷應該是大人的骨頭，但讓柊驚訝的並非人骨的數量，而是人骨身上配戴的祖母綠墜鍊。柊也有一條款式完全相同的墜鍊，但那是美國祖母送給自己，世上應該獨一無二的特別訂製款。

……這是怎麼回事？

當時的柊就算想破頭也想不出答案，但幫忙村長處理事務時，他隱約找到了方向，那就是漂流到恩賜沼澤的物資。有些和原本的世界完全一樣，有些味道或包裝卻有些微的差異。這些差異就代表……除了柊出生長大的那個世界，還有無數平行世界的存在……

柊在三年前迎來了決定性的瞬間。當天村長叫他過去，說要幫他慶祝年滿二十歲。

二十歲在小田牧村早就是成人了，柊在這以前卻沒有結婚，也沒參加過酒會。他不想和夏生以外的人結為連理，也受到原本世界的常識影響，對未滿二十歲飲酒的行為有些忌諱。雖然村民們總說他「還沒融入村子」，狠狠責備他，但幸好村長將他當作特例、包容他的行為，才沒發生嚴重的大問題，柊也對在各方面包容他的村長十分感激。

但那天，村長格外執拗地勸他喝酒。柊已經滿二十歲了，在原本世界也到了飲酒的法定年紀，喝了應該也沒關係。但不知為何，他對酒杯裡的清澈酒液有股說不上來的排斥感，一點也不想喝。

結果村長態度驟變，出手將柊壓制住，想將酒強灌進柊的嘴裡。柊在拚死抵抗時摘下村長的面具，過去從沒見過的村長長相頓時一覽無遺。

……他還以為自己在照鏡子。看起來雖然年長了十五歲左右，但狠狠瞪過來的那張臉跟柊如出一轍。父子……不對，就算說是同一個人成長前後的樣貌也不為過。

『……下次來的那個夏生是我的人，絕對不會交給你……！』

村長從懷裡取出慣用小刀，拔出刀鞘的瞬間，彷彿要將頭顱劈成兩半的劇痛忽然貫穿柊的腦袋。如狂潮般湧入腦海的記憶、記憶、記憶——全都是似柊非柊的人們臨死前的記憶，充滿了悲哀、後悔與執念。

……這樣、啊……原來、是這樣啊。

長年的疑問終於明朗，柊的頭腦變得無比清晰，身體動作也比平常更靈敏，甚至能在千鈞一髮之際躲開村長的攻擊，朝他的上腹部猛揍一拳。

他重新倒了杯酒，灌進暈厥的村長嘴裡，村長痛苦地掙扎了一會兒斷氣了。這酒果然被下了毒，滿滿都是神花萃取出來的毒素。

柊從死去的村長身上搶走面具和服裝，將村長的遺體扔進恩賜沼澤，村長配戴在服裝下方的祖母綠墜鍊也一同沉進水底。柊心中沒有絲毫憐憫，因為他們不能在同樣的時間軸和地點共存。萬一被夏生撞見，他或許就會發現真相。

柊開始一人分飾兩角扮演村長，村民也沒有起疑。這也難怪，畢竟他們就是同一個人。於是在將夏生拉進小田牧村的前三年，柊都巧妙地利用這個雙重身分。

——柊已經完全掌握這個世界的原理了。

除了柊原本所在的那個世界，苧環大人還會從無數個平行世界中挑選幾個人拉過來。這些平行世界並沒有決定性的巨大差異，頂多只是商品包裝設計不同的程度……所以每個世界裡都有柊和夏生，而且柊都對夏生無比執著。

每個世界的柊都會在八歲那年和夏生一起進入日無山，而且只有柊一人被拉進小田牧村。起點雖然都相同，但不同世界的柊會讓後續發展截然不同。

假設現在的柊是第n號，依照時間順序會有n－1號柊、n－2號柊、n－3號柊……如此無限增長。若現在的柊死亡，下一個柊……n＋1號柊就會被拉進村子，n＋2號柊和n＋3號柊也會陸續被拉進來。

村長被殺死的那一瞬間，之前被拉進村子的那些柊的記憶全都湧入腦海。

n－50號柊根本沒有把夏生拉進小田牧村，就這樣結束了生命。

n－32號柊因為原本世界的夏生罹患不治之症，帶著絕望走進日無山後被拉進村子，兩人才終於重逢。但彼此心意還未相通，夏生就撒手人寰了。

n－29號柊似乎發現自己必須掌握召喚的主導權，否則很難讓夏生變成他的人，於是他殺死真正的村長取而代之。但就算能用面具的力量隨意將夏生拉進村子，也以失敗告終。

n-19號柊終於成功將夏生拉進村子，夏生在原本的世界卻有了戀人。就算表明心意，夏生也不肯接受，柊便霸王硬上弓，侵犯了他的肉體。但夏生仍屢屢拒絕，逃進山裡走投無路時，柊侵犯並殺了他。

n-10號柊同樣也被夏生拒絕，於是他把夏生監禁在家裡，期間夏生的態度稍稍軟化，夏生卻看準柊鬆懈的空檔，試圖從地板下逃走。柊抱著絕望的心情砍斷夏生的腳筋，把無法走路的夏生一直關到死去。

每個柊和夏生走過的路都不一樣，卻會遇到相同的結果——夏生會先走一步，絕望的柊則會抱著夏生的遺體沉進恩賜沼澤。夏生的遺體會浮上原本世界的沼澤，已經徹底融入小田牧村的柊的遺體則會帶著長年累積的執念，留在恩賜沼澤底部。

但是在n-1號——也就是被柊殺死的村長那一次，發生了異變。

前一號柊順利取代上一任村長……前一個的柊，也成功將夏生拉進村子，夏生卻馬上被覬覦村長夫人寶座的女人殺死了。什麼都沒做就失去夏生的村長或許是在這一瞬間失去了理智。將夏生的遺體扔進恩賜沼澤後，村長耐心等待著下一個柊到來，以及能將為了尋找下一個柊而來的夏生拉進來的瞬間。

等下一個來到村子的柊滿二十歲的那一天，村長就想把他處理掉，為了讓即將被拉進村子的夏生成為自己的人。對發狂的村長來說，只要是夏生，就算是另一個世界的夏生也無所謂。

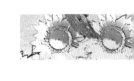

柊在千鈞一髮之際逃過了村長的陰謀，所以往後絕對不能犯任何錯誤。

歷代的柊都想在這個村子裡和夏生結為連理，卻屢屢失敗。那如果不再執著於這個村子，而是回到原本的世界呢？如果一切順利——柊的猜測正確的話，或許可以……

湧入腦海的無數個柊的記憶、失敗的記憶，全都成了現在這個柊的助力。虔誠的村民、純真的和夫、愛慕自己的悅子、對悅子百依百順的那些男人。柊可以事先判斷自己該怎麼做，才能讓這些人按照自己的想法行動。

夏生是唯一一個不安因素，只有夏生不願按照柊的想法行動。看到他闖入審判現場時，柊雖然十分焦慮，卻反過來將他塑造成「苧環大人的使者」，成功地讓村民認可夏生和自己的婚事。這是過去的柊憑一己之力無法達成的偉業。

但這並非柊真正的目的。柊冒充村長的事跡總有一天會因故敗露，就像歷代的柊。他可不能將夏生安放在這搖搖欲墜的基礎上。

還是應該回到受文明和法律秩序保護的原本世界，他才能安心和夏生結為連理。所以柊故意將摻入神花的酒送給監禁室的看守人喝，讓他睡著，因為他知道這樣和夫會偷偷跑去找悅子，幫助她逃獄。

若說是「夏生的強烈思念拯救了自己」，夏生會相信他吧。對柊充滿罪惡感的夏生，往後也絕對不可能抗拒柊的存在。

「啊……啊啊！那個大罪人！」

柊甩開那些恢復理智的村民，縱身躍入恩賜沼澤，在久違見到的無數人骨——無數個自己的目送下，不斷往下沉、往下沉、往下沉……當世界忽然變明亮的那一瞬間，柊露出了會心一笑。

自己和夏生……第n號的兩人和過去的兩人，成功活著回到原本世界的兩人和死在小田牧村的兩人，差別就在於他們是否都打從心底想回到原本的世界。過去的每一個柊都執著於將夏生關在小田牧村，因為他們在原本的世界留不住夏生，早就已經放棄了。

可是自己不一樣。他相信在原本的世界，那個夏生也一定只會深愛柊一個人。

所以他心生期盼……想回到夏生等待的那個世界，這違反苧環大人「讓小田牧村維持原貌」的神意。當柊變成只會改變自己世界的異類，苧環大人或許就會把他吐回原本的世界。

結果柊猜對了。眼前不再是吞噬人骨的池水，而是令人懷念的原本世界的建築物。一棟不舊也不新，隨處可見的平凡公寓。

看到眼前的門牌上寫著「櫛原」兩字，那一刻，難以言喻的喜悅讓柊渾身顫抖。

……終於、終於走到這一步了。

按了好幾次門鈴後，熟悉的腳步聲從門後逐漸靠近。

夏生可能會透過貓眼往外看，於是柊露出一抹微笑。

我們會永遠在一起，在有生之年……不，就算死也永不分離。

【第零號】

「……這樣又回到原點了啊。」

緊盯著水鏡的頭抬起來後，青年嘆了口氣。明明已經脫離人世那麼久了，卻還是會做出轉動脖子的動作，可能是因為監視他們時偶然想起了過往吧。

『怎麼會……柊哥！柊哥去哪裡了啊啊啊！』

仍映照出村落情景的水鏡中傳來刺耳的尖叫聲。那個少女好像是叫悅子吧，有夠聒噪，討厭死了。青年眉頭緊蹙，將食指指尖伸進水鏡，水鏡裡的天空就劈下一道閃電，擊中悅子。

『苧、苧……苧環大人、苧環大人動怒了……！』

村民們圍在變成焦屍的悅子身邊，仰望著天空拚命祈禱，青年卻看都不看一眼，伸手撫摸躺在身旁被褥上的愛人臉頰。青年探出身子，確認愛人的嘴唇確實有呼吸。

……太好了，還活著。

過去青年就住在現在被稱為小田牧村的小村莊裡。他出生後，第六感就相當敏銳，不斷拆穿人們的謊言，還精準預言村裡將發生的災難，所以連生下他的父母都對他避之唯恐不及。所幸他遇見了願意接納他一切的愛人，過得很幸福。

但將青年痛斥為不祥象徵的那些村民，某天居然逼愛人服毒，將其殺害……青年抱著愛人死去的遺體，祈求愛人能起死回生。然而天不從人願，因為連神明都不能將死者喚回生者的世界。

但是青年不肯放棄。愛人就是青年的全部，只有自己倖存的世界根本沒有存在價值。那麼……

……那至少……

青年強烈祈求，忽然感覺到某種東西從身上完全脫落。他短暫失去意識，醒來後發現愛人恢復了體溫。

他好開心，忍不住喜極而泣，但他馬上就發現了，愛人並沒醒來，往後也不可能醒過來。

因為愛人的時間只是回溯到死亡的前一刻而已，再過幾秒，吞入體內的毒素就會發作，再次迎來死亡。不需要他人告知，青年也明白這一點。

從這一刻起，青年變成了人們尊為「苧環大人」的存在。他封鎖村莊，從其他世界送來物資和人類，讓村莊維持原貌。這一切都是為了不讓愛人身上的時光流逝……不讓愛人死亡。

對青年來說，柊和夏生是難得一見的人才。因為不管從哪個世界把他們拉進來，走過什麼樣的人生，最終都會雙雙喪命。彼此的心意都無法開花結果，不斷重複相同的結果，簡直就像為青年量身打造的零件。

但這次或許是最後一次了。這個時間軸的柊終究脫離了青年的掌控，得到了夏生的心。既然下一個柊可能也會超乎青年的預料，那就不該把他拉進村子裡。

……雖然可惜，但也沒辦法。

反正柊一死，村子就會恢復原狀，村民的記憶也會被青年用力量徹底清除，柊和夏生的存在也會完全抹消。消失的零件只要隨意找個地方補足就好，畢竟像悅子那種女人多得是。

接著再把類似柊和夏生的新人類拉進村子，展開新一輪的封閉輪迴。以柊的執著為中心，直到新的柊死去為止，都將各自扮演自己的角色。過去就是以這種形式不斷輪迴。

神力的來源就是人類的信仰，敬畏也是一種信仰。只要村民繼續對「苧環大人」心生敬畏，青年就能繼續維持神格。小田牧村可說是青年為了獲取力量而圈養的水槽，村民得知真相後或許會哀嘆太沒天理，但他們可是過去毒殺愛人的那些惡徒的後裔，當然得替祖先贖罪。

在無限分歧的世界中尋找，應該能找到像柊和夏生一樣被強烈因果緊緊束縛的兩個人。時間是永恆無盡的，只要能和愛人相伴，重新牽起新的因果線也挺有意思。

無法掙脫的夏天

青年將愛人抱進懷裡，在耳邊輕聲呢喃：

『我們會永遠在一起，在有生之年……不，就算死也永不分離。』

後記

大家好，我是宮緒葵，感謝各位閱讀《無法掙脫的夏天》。接下來會透露本篇劇情，習慣先看後記的讀者請多加留意。

我從以前就很喜歡輪迴的故事，心想總有一天要寫寫看，沒想到編輯部的責編說「可以喔！」，我就幹勁十足地寫下了這個故事。我應該有寫出符合盛夏時節的溫暖結局，不知各位看得還開心嗎？

我的童年是在昭和時期度過的，是在泡沫經濟尾聲長大的世代，所以小田牧村的那些場景我寫得非常開心。但嚴格來說，小田牧村的時代設定應該比昭和更早。直接從牆壁牽線的黑色電話、用旋鈕轉臺的厚重映像管電視，如果設定允許的話，我其實還想描寫更多細節……

回到原本的世界後，柊雖然能完美適應現代的生活，但在昭和時代的洗禮下，或許會在意想不到的地方吃到苦頭。比如用拚命敲打的方式修復壞掉的家電，看著地圖APP時，自己也會跟著轉動等等。這種時候夏生會一一教導他，有個一段甜蜜恩愛的結果，所以應該不會太辛苦。

苧環大人意外在結尾登場了。責編也問我那位愛人是女性還是男性，但這就留給讀者自由想像吧，是攻是受都可以。苧環大人也有意外傻乎乎的一面，會提心吊膽地看著熟睡的愛人。

這次是請笠井あゆみ老師負責插畫。笠井老師，感謝您在百忙之中接下這份工作！您把柊跟夏生都畫得美豔動人，第一次看到封面時，我跟責編都渾身發抖了……

責編I大人，真的很感謝您時常替我留意細節。如果沒有I大人，這個故事可能就會難產了。

在此也要再三感謝讀完故事的每一位讀者，可以的話，請讓我聽聽各位的感想。

期盼後會有期。

高寶書版集團
gobooks.com.tw

CRS059
無法掙脫的夏天
あの夏から戻れない

作　　者　宮緒葵
繪　　者　笠井あゆみ
譯　　者　林孟潔
編　　輯　陳凱筠
設　　計　彭裕芳
排　　版　彭立瑋
企　　劃　黃子晏

發 行 人　朱凱蕾
出　　版　朧月書版股份有限公司
Hazy Moon Publishing Co., Ltd.
地　　址　臺北市內湖區洲子街 88 號 3 樓
網　　址　www.gobooks.com.tw
電　　話　(02) 27992788
電　　郵　readers@gobooks.com.tw（讀者服務部）
傳　　真　出版部　(02) 27990909　行銷部 (02) 27993088
郵政劃撥　19394552
戶　　名　英屬維京群島商高寶國際有限公司臺灣分公司
發　　行　英屬維京群島商高寶國際有限公司臺灣分公司 / Printed in Taiwan
Global Group Holdings, Ltd.
法律顧問　永然聯合法律事務所
初版日期　2024 年 10 月

ANO NATSU KARA MODORENAI
Text Copyright © 2022 AOI MIYAO
Ilustrations Copyright © 2022 AYUMI KASAI
All rights reserved.
Originally published in Japan in 2022 by KASAKURA PUBLISHING Co., Ltd.
Traditional Chinese translation rights arranged with KASAKURA PUBLISHING Co., Ltd.
through AMANN CO., LTD.

國家圖書館出版品預行編目 (CIP) 資料

無法掙脫的夏天 / 宮緒葵著 ; 林孟潔譯 . -- 初版 . -- 臺北市 : 朧月書版股份有限公司出版 : 英屬維京群島商高寶國際有限公司台灣分公司發行 , 2024.10
面 ;　公分 . --

譯自 : あの夏から戻れない

ISBN 978-626-7362-88-4 (平裝)

861.57　　113014512

凡本著作任何圖片、文字及其他內容，
未經本公司同意授權者，
均不得擅自重製、仿製或以其他方法加以侵害，
如一經查獲，必定追究到底，絕不寬貸。
版權所有　翻印必究

朧月書版

朧月書版

GOBOOKS & SITAK GROUP©

GOBOOKS
& SITAK
GROUP©